Piccola Bib

PAOLA CAPRIOLO

UNA LUCE NERISSIMA

OSCAR MONDADORI

© 2005 Arnoldo Mondadori Editore S.p.A., Milano

I edizione Scrittori italiani e stranieri settembre 2005
I edizione Piccola Biblioteca Oscar settembre 2008

ISBN 978-88-04-58387-5

Questo volume è stato stampato
presso Mondadori Printing S.p.A.
Stabilimento NSM - Cles (TN)
Stampato in Italia. Printed in Italy

L'Editore ha cercato con ogni mezzo il titolare
dei diritti di riproduzione per l'immagine di copertina,
senza riuscire a reperirlo: è ovviamente a completa disposizione
per l'assolvimento di quanto occorre nei suoi confronti.

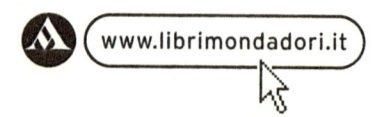

www.librimondadori.it

Una luce nerissima

I

In principio era l'acqua. Sferzava incessante il greto del fiume, lo tastava con meticoloso fervore, quasi volesse sceverare ogni grano di quella materia inerte; e inerte, senza coscienza, la terra se ne lasciava intridere, subiva docilmente il lavorio ostinato che la corrente vi compiva anno dopo anno, secolo dopo secolo, millennio dopo millennio, nulla sapendo della meta cui quell'acqua tendeva nella sua corsa precipitosa. Non conosceva il fiume, né il vecchio ponte di pietra che lo attraversava con le arcate possenti, né la città che vi specchiava torri e palazzi, cupole tondeggianti e alte guglie acuminate. Non conosceva nulla, poiché non aveva anima né coscienza, e anche ora non sarebbe in grado di distinguere da quello della corrente il diverso tocco che, dopo millenni di monotona erosione, viene a un tratto a sommuoverne la compagine con uno scavo più rapido, più profondo, che si concentra però in un unico punto della sua massa argillosa come alla ricerca di qualcosa che si celi all'interno. Non c'è niente all'interno, nient'altro che terra, eppure lo scavo continua, finché la terra si separa dalla terra ed è raccolta sull'argine in un mucchio compatto.

Come il tutto cui apparteneva anche quel mucchio non ha anima, non ha coscienza, e subisce ignaro l'opera delle mani che impastandolo sapientemente con l'acqua lo plasmano sino a dargli forma. È la forma di un uomo, ma l'uomo è fatto di terra e non può udire le parole bisbigliate intorno a lui in un lento, sommesso salmodiare, né scorgere il vecchio che, facendo oscillare nell'oscurità i bianchi lembi della veste, intorno a lui descrive cerchi perfetti, dal raggio sempre più breve.

Qualcosa tuttavia comincia ad albeggiare in quella massa: un vago bagliore, ancora troppo debole e confuso per poter essere definito una sensazione, ma tanto più chiaro quanto più i cerchi si stringono diradando a poco a poco la nebbia dell'inconsapevolezza. Nessuno tra gli innumerevoli granelli che la compongono si rende conto di appartenere a una figura, nessuno possiede anima o coscienza, eppure fremono lievemente quando sono sfiorati dai lembi della veste bianca, come fremono le foglie quando sono sfiorate dal vento.

Ma poi qualcos'altro accade, all'improvviso: il contatto con un oggetto estraneo bruscamente inserito nella massa di terra. E all'improvviso tutti i granelli sono un solo corpo che in questa sensazione, come nel vivido bagliore di un lampo, per la prima volta riconosce se stesso. Riconosce di essere un'unica vita, un'unica energia, che dal tronco massiccio si diffonde sino alle estremità degli arti, che scorre lungo i muscoli, lungo le vene, e con dolorosa intensità pare condensarsi nella bocca, là dove è penetrato l'oggetto estraneo. Si è infilato sotto la lingua, e la lingua tenta di sollevarsi per espellerlo, ma non ci riesce; nonostante ogni sforzo non può fare a meno di aderire a quella superficie sottile e leggermente ruvida, la bocca non può fare a meno di chiudersi per proteggerla dietro la chiostra dei denti come un tesoro affidato alla sua riluttante custodia.

E quando l'oggetto estraneo si è del tutto assestato stendendo la sua scabra superficie tra la lingua e il fondo della bocca, un secondo lampo, ancora più vivido, ancora più doloroso, squarcia la notte in cui quel corpo è immerso. *Io,* pensa allora la creatura che giace distesa sull'argine del fiume, e subito i suoi occhi si aprono volgendosi disorientati a quanto li circonda.

II

Nel frattempo la città dorme, in una quiete spezzata solo a tratti dai cupi rintocchi delle campane cui fanno eco le voci dei guardiani notturni annunciando strada per strada a chiunque abbia il sonno abbastanza leggero da sentirli che tutto va bene, che le ore si susseguono senza incidenti degni di nota e che nulla vieta di girarsi dall'altra parte per riprendere a dormire. Così fanno gli ignari abitanti, tornando a sprofondare nel sonno o tutt'al più ruminando sotto le coltri le piccole, blande inquietudini della vita quotidiana, e quando i passi della ronda si allontanano, quando il silenzio cala di nuovo nelle strade, sembra che a vegliare sul riposo della città non sia rimasto nessuno salvo le statue e le figure dipinte i cui occhi contemplano la notte con sguardo immutabilmente sereno.

Eppure qualcun altro veglia, in queste ore: dalle torri, dai posti di guardia, da osservatori segreti strategicamente dislocati nel reticolo delle vie, altri occhi scrutano l'oscurità adempiendo il loro ufficio con esperta attenzione. Qualunque cosa accada, possiamo star certi che la noteranno, allenati come sono a registrare anche la più lieve anomalia; e infatti uno di questi vigili custodi, mentre dall'alto di una torre passa in rassegna le rive del fiume, a un tratto crede di scorgere in lontananza un rapido lampeggiare, laggiù, quasi ai confini con la campagna, dove l'argine si leva nudo e argilloso a strapiombo sull'acqua.

È solo un attimo, poi il lampo si spegne, e l'uomo tende l'orecchio aspettando il tuono; ma non ci sono tuoni, nessuna nube vela il remoto splendore delle stelle, e sulla città si affaccia il cielo terso e immobile di una notte d'estate.

Stropicciandosi le palpebre, la sentinella riprende la sua osservazione. Ora da quel punto sull'argine del fiume vede diffondersi un'intensa luminosità, come se l'alba oggi volesse spuntare prima del tempo, o come se qualche sterpaglia si fosse improvvisamente incendiata e ardesse di una vampa corrusca. Sì, poiché l'alba è ancora lontana deve trattarsi senz'altro di un incendio, e la sentinella sta già per dare l'allarme quando vede quella luce scarlatta comporsi in una forma singolare: è un'alta, sottile colonna, che sotto i suoi occhi cresce a dismisura protendendosi sempre più verso il cielo, e intanto scivola lentamente lungo la riva.

La sentinella non pensa più a dare l'allarme. A bocca aperta, incapace di qualunque reazione, rimane a osservare la colonna che avanza verso la città addormentata, lentamente, scivolando lungo il corso del fiume, lambendo ponti, alberi, edifici senza perdere nulla della sua compattezza. Eppure il fuoco dovrebbe propagarsi, appiccarsi alle case, sfrangiarsi nella vastità di un incendio: lui se l'augurerebbe persino, tanto lo atterrisce quella fiamma che non è una fiamma e riposa quieta nella propria forma come se fosse stata scolpita dalla mano di un artefice.

Certi viaggiatori, di ritorno dalle remote regioni dei ghiacci, raccontano di aver assistito a prodigi del genere: fasci di raggi dai colori più inverosimili, lunghi nastri purpurei che si snodano nel cielo, archi abbaglianti tesi sull'orizzonte e altre meraviglie cui egli non ha mai prestato fede, ma che adesso gli riaffiorano alla memoria mentre continua a seguire con lo sguardo il lento, silenzioso incedere di quella luce.

Così, riesumando tali vaghe nozioni, tenta di placare lo sgomento che si impadronisce di lui, tanto più forte quanto più la colonna si avvicina. La vede inoltrarsi nella città, senza fretta ma inesorabile, scagliando un vivo riverbero nelle acque del fiume. Dove è già passata non si scorge alcun segno di distruzione: gli alberi seguitano ad allungare sulla riva l'ombra nera delle fronde come se nulla fosse accaduto, le case sorgono intatte, e sotto il morbido riparo delle coltri gli abitanti devono dormire ancora un sonno sereno, non turbato dal minimo presagio. Tuttavia, ogni volta che il muro di un edificio si tinge di quel rossore improvviso la sentinella si aspetta di vederlo crollare ridotto in cenere, e ogni volta al sospiro di sollievo segue dopo pochi istanti un nuovo terrore.

Attende, incapace di qualunque reazione, e i suoi occhi sbarrati fissano quella luce con tale insistenza da coprirsi di un velo di lacrime, che egli non si cura di asciugare e attraverso il quale i contorni gli appaiono più sfumati, più nebulosi. Perciò non si accorge subito che la colonna ha cambiato direzione: ora non viene verso di lui, ma allontanandosi dalla riva procede all'interno della città, verso le vecchie mura che delimitano il ghetto, e appena se ne rende conto la sentinella si convince che sia un flagello inviato direttamente da Dio per punire i figli d'Israele. Invece, con suo grande sconcerto, il fuoco attraversa quelle mura senza produrvi più danni di quanti non ne abbia arrecati alle case dei cristiani, anzi, attenuando persino la sua vampa durante il passaggio, come un visitatore rispettoso che varchi in punta di piedi la soglia di un palazzo.

No, pensa la sentinella, è soltanto l'effetto delle lacrime. E le asciuga con la manica per vedere più chiaramente, ma quando torna a guardare in direzione del ghetto non scorge traccia della colonna di fuoco: solo un cielo terso e immobile, che stende su quei tuguri la sua tenebra stellata.

III

Dieci volte, come prescrive il rituale, ho camminato intorno al mucchio d'argilla, dopo aver compiuto le purificazioni e aver indossato una veste bianca e pulita; dieci volte vi ho camminato intorno recitando le formule segrete, e intanto andavo sviluppando nella mia mente la figura completa di un uomo.

Immaginate quanto sia difficile costringere il proprio pensiero a una tale esattezza, concentrarsi per interi minuti su un sopracciglio, sulla falange di un dito, sulla sinuosa cavità di un orecchio, con la stessa cura che un artefice porrebbe nello scolpire una statua, anzi, con cura infinitamente maggiore perché qui, lo capite bene, si trattava di creare nientemeno che un essere vivente e la minima distrazione, il minimo sbaglio nelle proporzioni o nella forma di una parte avrebbe potuto produrre sull'insieme le conseguenze più indesiderabili.

Non nego di aver avuto, in qualche momento, la tentazione di abbandonarmi alla fantasia dotando ad esempio la mia creatura di tre occhi, uno dei quali si aprisse in mezzo alla fronte tra folte file di ciglia, o allungandole le gambe come quelle di una gru, o moltiplicando a piacere il numero delle braccia: tali sono le libertà che il pensiero è in grado di prendersi con la materia, così da plasmarla secondo il proprio capriccio, poiché appunto grazie al pensiero somigliamo a Colui che cavalca le nubi e alla cui parola sono sospesi tutti i mondi.

Eppure seppi vincere quella tentazione, come voi stessi potete osservare. Volevo creare un uomo, non un mostro, sicché decisi di seguire fedelmente i dettami della natura permettendomi soltanto una piccola licenza, omettendo cioè l'ombelico, che a mio giudizio non avrebbe avuto alcuna ragion d'essere nel corpo di costui, nato non dal ventre di una donna, ma da un mucchio d'argilla scavato nel greto del fiume.

Per la stessa ragione, ne sono fermamente persuaso, anche il padre Adamo doveva essere privo di ombelico; e se la mole di questa creatura vi incute tanto terrore, spingendovi addirittura a indietreggiare e addossarvi il più possibile alle pareti, considerate quali fossero in origine le dimensioni di Adamo, quando anch'egli era appena stato tratto dall'argilla. Allora, già ve lo insegnai, il suo corpo era così immenso da occupare l'intero universo, così immenso che il Santo, sia sempre benedetto, dovette affrettarsi a rimpicciolirlo per lasciare un po' di spazio alle altre cose. In confronto costui è minuscolo come un granello di polvere, esile come un filo di paglia, e anche senza considerare il precedente di Adamo, non è poi grosso al punto che questa soffitta non possa comodamente ospitarlo. Solo la sua ombra mette spavento, specie quando, come ora al mio cenno, egli si leva in piedi sfiorando con la fronte le travi del tetto.

Seduto, Yossel! Vedete? Ha già imparato a obbedirmi, perciò niente paura, tornate pure a sedervi e ascoltate in tutta tranquillità il seguito del racconto. Quando il corpo di quest'uomo, o comunque vogliate definirlo (io, avete sentito, lo chiamo Yossel, e per semplicità vi suggerisco di fare altrettanto), quando dunque il corpo di Yossel si fu formato da capo a piedi modellandosi secondo il mio pensiero, non crediate che l'opera fosse compiuta: sebbene avesse figura umana, quello adagiato sull'argine del fiume era ancora un semplice grumo di terra, inerte, senza coscienza, dinanzi al quale persino il più umile tra gli uomini avrebbe provato uno sprezzante sentimento di superiorità. A buon diritto, dite? Eppure vi consiglierei di non gloriarvi troppo e di non disconoscere la parentela che vi lega a costui. Noi stessi infatti, rammentatelo sempre, non siamo altro che informi grumi di terra cui solo la parola del Santo, sia Egli benedetto, ha potuto insufflare la vita, e se, guai a noi, Egli dovesse revocare quella sua parola, state certi che torneremmo a sprofondare all'istante nell'abisso del nulla dal quale fummo tratti.

Senza volerlo vi ho già svelato in parte il mio segreto; voi però vedete di serbarlo gelosamente e non fatene oggetto di chiacchiere con alcuno. Sappiate dunque che anche costui, questo essere che chiamo Yossel, può esistere soltanto grazie a una parola, una breve parola, ma così potente da trasformare l'argilla in carne e in sangue e da infondere al suo corpo inerte una corrente di vita. Di mio pugno, la notte scorsa, scrissi tale parola su un foglio di carta, arrotolai il foglio, infilai il foglio sotto la lingua di quell'uomo che ancora non era un uomo e giaceva immobile come un blocco di pietra sull'argine del fiume. Allora, appena il cartiglio fu sistemato, la bocca dell'uomo si chiuse, e adesso era davvero un uomo, o qualcosa di molto simile, e scrollava le membra per destarle dal torpore, e fissava su di me, disorientato, lo sguardo dei due spenti occhi grigi. Gli feci cenno di alzarsi ed egli si alzò, proprio come l'avete visto fare poc'anzi. Docilmente mi seguì lungo la riva, varcò camminando sulle mie orme la porta del ghetto, salì dietro di me la ripida scala a chiocciola che conduce a questa soffitta, e avreste dovuto sentire come tremavano i gradini di legno, quasi non potessero reggere un simile peso.

Ma tutto ciò, me ne rendo conto, non soddisfa la vostra curiosità, non risponde alla domanda che continuate a rivolgermi, muta ma insistente. È il mistero dei misteri, miei buoni discepoli, quello che dopo lunghe esitazioni mi accingo a svelarvi: sappiate infatti che la parola scritta sul cartiglio è uno dei sacri nomi impronunciabili, uno di quei nomi occulti con cui il Santo, sia Egli benedetto, diede inizio al tempo, dischiuse lo spazio e plasmò gli innumerevoli mondi della creazione. Per quei nomi esiste tutto ciò che esiste, le schiere eccelse degli angeli, la terra con piante e animali che si moltiplicano fecondi ciascuno secondo la sua specie, e i dieci cieli di zaffiro (badate bene: dieci e non nove, dieci e non undici) che sopra la terra si inarcano avvolgendola nel loro splendore.

Sono quegli stessi nomi, i più perspicaci di voi l'avranno già intuito, che furono rivelati al nostro maestro Mosè quando si trovava presso il roveto ardente, e dall'istante in cui li udì il suo volto prese a emanare una tale luce, un tale fulgore, un così intenso sfavillio, che il popolo non poteva più guardarlo, o ne sarebbe rimasto accecato. Intorno al trono del Santo, sia Egli benedetto, quei nomi si levano eternamente come alte colonne di fuoco costringendo persino gli angeli a distogliere gli occhi abbagliati, eppure quegli stessi nomi sono anche minuti segni d'inchiostro, che la mano è in grado di tracciare su un foglio di carta.

Come ciò avvenga è davvero un mistero grandissimo, inconcepibile, e i più illustri fra i maestri si sono sforzati invano di spiegarlo. Vi è chi si richiama alla circostanza che il Santo stesso li tracciò di suo pugno all'inizio dei tempi, fuoco nero su fuoco bianco, cosa attestata senza ombra di dubbio dalla tradizione; altri ricordano che è il poco a reggere il molto e di conseguenza, se tale è la volontà del Signore, persino un piccolo foglio di carta può sostenere l'intero edificio dell'universo.

Quanto a me non intendo prendere partito, poiché se è gloria dei sapienti indagare, gloria del Santo è nascondere, celare i propri segreti dietro una cortina di tenebra. Per questo, vedete, diciamo che la sua è una luce nerissima, e che non lo si conosce nel fragore della tempesta né nel rombo del terremoto, ma in un silenzio sottile, più sottile di tutte le cose create. Facciamo silenzio, dunque: scendiamo insieme alla sinagoga per la preghiera del mattino e lasciamo Yossel al suo primo, umano riposo.

IV

Ma Yossel non riposa: appena solo, alza la fronte che aveva tenuto premuta contro le ginocchia mentre i discepoli sfilavano lentamente dinanzi a lui, tende l'orecchio al cadenzato risonare dei loro passi sui gradini di legno, e si guarda intorno nella semioscurità della soffitta osservando con stupore gli oggetti di cui è affollato ogni angolo. Osserva le pile di libri polverosi, i candelabri a sette bracci, gli scialli da preghiera che pendono dai muri e ai quali il gioco della luce e delle ombre sembra a tratti infondere una tenue animazione; ben presto però si convince che lì dentro non c'è nulla di vivo, nulla salvo lui; allora, rassicurato, torna a immergersi in quel vago, assorto lavorio che nella sua mente appena schiusa svolge le veci del pensiero e forse è davvero tale, sebbene non si dipani attraverso ragionamenti ma in un'altra, più oscura maniera, simile al rapido susseguirsi delle figure proiettate su una parete da una lanterna magica.

Con la massima insistenza, in quel teatro d'ombre, compaiono le alte colonne di fuoco di cui ha sentito parlare il padrone e una delle quali, così gli è sembrato di capire, è custodita nell'umida cavità della sua bocca. Non si domanda come una cosa tanto grande possa trovar posto in uno spazio tanto piccolo, né come una colonna di fuoco possa essere al tempo stesso una serie di segni tracciati su un foglio con l'inchiostro. Questi paradossi, così sconcertanti per l'intelletto del maestro e dei suoi riflessivi discepoli, non lo sfiorano nemmeno, poiché al suo sguardo appena nato tutto il mondo risulta strano e incomprensibile, saturo di confusi prodigi: il fiume dalle cui acque, mentre lo costeggiava, tralucevano magicamente guglie di chiese, facciate di palazzi, e nel quale aveva potuto scorgere anche se stesso e il suo padrone, ma capovolti, come se laggiù, in quell'umido regno gorgogliante, si camminasse poggiando i piedi sul cielo; o il suono cupo e profondo che gli rispondeva puntualmente dal suolo mentre calcava le vie silenziose del ghetto; o il candeliere che il vecchio aveva acceso prima di salire la scala facendo mutare di colpo ogni colore, facendo sorgere tutt'intorno oggetti che un attimo prima non esistevano. In un mondo simile, l'identità del fuoco con l'inchiostro non è che un miracolo fra i tanti, e Yossel non vi si sarebbe soffermato particolarmente se in quel fuoco, in quell'inchiostro, in quel nome impronunciabile di cui il maestro aveva parlato ai suoi discepoli con tale faconda reverenza non avesse intuito un segreto che lo riguardava più da vicino di qualunque altra cosa.

Da un pezzo ormai i passi hanno cessato di risonare sugli scalini. Cautamente Yossel tenta di muovere la lingua per tastare con la punta i bordi del cartiglio, ma la lingua non si muove, a dispetto di ogni sforzo rimane come incollata alla ruvida superficie di carta; allora Yossel si porta le mani alla bocca per afferrare il foglio con le dita, ma subito deve allontanarle contraendo il volto in una smorfia di dolore, quasi che davvero lì dentro ardesse una fiamma ed egli si fosse scottato i polpastrelli con quel gesto imprudente. E nella sua mente nebulosa si delinea nettissimo un divieto, un fermo, risoluto comando al quale gli sarebbe impossibile rifiutare ubbidienza.

Rassegnato lascia ricadere le braccia lungo i fianchi, chiude gli occhi, appoggia la schiena contro la parete di legno e sprofonda a poco a poco in un sopore irrequieto, così diverso da quel greve abbandono della materia cui tende inconsapevolmente la sua nostalgia. Ora però gli sembra di sentire un rumore nella soffitta, e riaprendo gli occhi vede la porta spalancata e una figura ritta sulla soglia, una figura umana, ma ancora più esile di quelle del maestro e dei discepoli e priva della lunga barba che caratterizzava il loro aspetto. Come se la luce ne scomponesse i contorni, la vede vibrare leggermente sul chiaro sfondo diurno che si affaccia dal vano della porta, e vede che la figura regge tra le mani un oggetto oblungo dal quale spira sino a lui un odore strano e invitante.

Dalla soglia la servetta osserva a sua volta l'uomo seduto sul pavimento e non riesce a persuadere le proprie gambe ad avanzare di un passo verso di lui inoltrandosi nella penombra della soffitta, né riesce ad arrestare il tremito che la percorre da quando ha posato lo sguardo su quel corpo massiccio. Le sue dita si stringono con tale concitazione intorno alla forma di pane da affondarvi rompendo il dorato involucro della crosta. Tuttavia a sgomentarla non sono tanto le dimensioni di colui che le sta dinanzi, quanto il suo modo di sedere rannicchiato su se stesso, le membra aderenti al tronco, come se non fosse un uomo, ma un feto gigantesco che ancora andasse formandosi nel ventre materno. E con quale impacciata lentezza, quasi dovesse strapparle a viva forza dal busto, ora solleva a poco a poco le braccia per tenderle verso di lei in un gesto goffo ma inequivocabile, reclamando la forma di pane che la ragazza continua a stringere fra le dita...

Eppure il pensiero che abbia fame glielo rende improvvisamente meno estraneo, meno spaventoso. Con un violento sforzo su se stessa entra infine nella soffitta scostando le trame luccicanti delle ragnatele, camminando a capo chino per non vedere l'ombra smisurata che l'uomo proietta sulla parete alle sue spalle, e giunta a pochi passi da lui si ferma di nuovo a osservarlo.

Ora si accorge che, come il corpo, anche il volto è appena abbozzato: sembra che i lineamenti stiano lottando per emergere dalla sua massa carnosa e ne affiori soltanto un presagio, troppo vago per conferirgli una vera fisionomia.

Non è un uomo, pensa la servetta: è una specie di grosso bestione, come quegli orsi ammaestrati che vengono esibiti sulla piazza nei giorni di fiera o come i buoi e i tori che a volte percorrono le strade sospinti verso il macello da impazienti mandriani. E di nuovo, senza che lei stessa ne comprenda il motivo, il fatto che non sia un uomo ma un bestione glielo rende meno estraneo, pur inducendola a serbare un atteggiamento guardingo e a schivare le mani tozze che si protendono supplichevoli verso di lei.

Non è un uomo, pensa Yossel. E rammenta che il vecchio, quando descriveva ai suoi discepoli quel trono intorno al quale si levano le colonne di fuoco, aveva accennato a certe creature dette angeli, dotate anch'esse di occhi e anch'esse suscettibili di restare abbagliate dal fulgore dei nomi impronunciabili. Chissà perché (quando il maestro avrebbe potuto facilmente spiegargli che si tratta di maestosi personaggi in grado di scuotere i cieli con le loro voci di tuono) Yossel le aveva immaginate esili, percorse da un fremito continuo, e ora, mentre contempla la tremante figurina ritta dinanzi a lui, tali fantasie tornano a profilarsi nella lanterna magica. Ma a catturare potentemente l'attenzione di Yossel è soprattutto la fragranza che si effonde dalla figura: quella calda, dorata fragranza cui egli tende supplichevole le mani sollevandosi a poco a poco dalla sua posizione seduta.

Non è un uomo, pensa la servetta quando vede l'ombra ingigantire di colpo e incombere su di lei dalla parete di legno. E lasciando cadere ai suoi piedi la forma di pane corre a precipizio fuori della soffitta.

V

In una delle numerose pagine dedicate a Tiberio, quella bizzarra e infelice figura d'imperatore così vergognosa di sé da sentire il bisogno di celarsi alla vista dei concittadini, Tacito racconta che egli iniziò con queste parole una lettera inviata ai senatori dal suo lussuoso nascondiglio di Capri: "Possano gli dèi e le dee farmi morire più crudelmente di come io stesso mi sento morire ogni giorno, se so cosa scrivervi e in che modo, o cosa in questo momento io non debba scrivervi affatto". Parole inconsuete e rivelatrici, che i destinatari accolsero probabilmente con meraviglia e in cui Tacito ravvisa un'esplicita confessione di quanto lui stesso fosse torturato dai vizi segreti del proprio animo.

Ma che c'entra Tiberio con la nostra storia? Poco o niente, bisogna ammetterlo. Altri sono i tempi, altri i luoghi nei quali essa si svolge, e tra i personaggi che vi compaiono non figura alcun antico romano. Eppure il titolo di imperatore ricorrerà molto spesso in queste pagine e anche noi dovremo venire alle prese con un uomo dall'indole schiva e tormentata, nella cui sorte ai fasti e alla potenza si uniscono tutte le nere insidie della malinconia.

Certo non possiamo sperare di imbatterci in lui nella soffitta dove il golem, dopo essersi saziato di pane, sta godendosi infine il primo riposo umano secondo l'augurio formulato dal suo creatore, e neppure nel labirintico intrico del ghetto, avviluppato intorno alla sinagoga, le cui casupole dai muri sghembi si contendono con accanimento il poco spazio disponibile crescendo quasi l'una sull'altra come in una disordinata boscaglia. Ma oltre le mura del ghetto, oltre il fiume, oltre il ponte di pietra dalle arcate possenti, sorge sulla sommità della collina un secondo, più arioso labirinto che domina la città con l'arcigno splendore delle sue costruzioni. Alte cerchie di mura lo proteggono correndo lungo le coste del monte, e tra l'una e l'altra fioriscono giardini, si schiudono profondi fossati popolati di cervi e di caprioli, si allineano gabbie dove leoni e pantere, rapiti alle torride plaghe dell'Africa, tentano tristemente di riscaldarsi al sole avaro di queste latitudini. Di qui, attraverso porte, cortili, scale e gallerie sovrastate da oscure volte a crociera, si penetra, guardie permettendo, nelle zone più interne, e per logge, vestiboli, corridoi contorti che si avvolgono su se stessi come le spire di una serpe, si giunge infine al centro del labirinto: una serie di stanze sontuose, adorne di oggetti rari della più diversa specie e provenienza, che specchi dalle pesanti cornici d'oro moltiplicano in una fuga interminabile.

In questi magnifici ambienti ci si aspetterebbe di trovare dame e cavalieri vestiti secondo i dettami della moda che assaporassero insieme i piaceri della danza o piluccassero con elegante svogliatezza le portate di un banchetto. Ci si aspetterebbe di sentir echeggiare sotto gli alti soffitti a cassettoni le note di un concerto, di assistere all'alacre affaccendarsi dei domestici impegnati a servire rinfreschi o ad annunciare da una sala all'altra i nomi più illustri, di riconoscere tra gli ospiti con un brivido di ammirazione ora un principe, ora un cardinale, ora un'altera arciduchessa dal naso aquilino e dalla fronte bianca sotto il tenue luccichio delle perle.

Niente di tutto questo: nelle stanze sontuose, sotto i soffitti a cassettoni, regna una quiete claustrale, ignara di ogni socievolezza, e la piccola folla che vi si aggira è quanto di più diverso si possa immaginare dall'aristocratica compagnia appena evocata. Sono astrologi, maghi, alchimisti, spesso canuti e curvati dagli anni, quasi sempre a disagio negli abiti di corte imposti dalla munificenza esigente del loro signore; sono esperti di scienze occulte, ciascuno nel proprio ramo, convenuti quassù da ogni parte del mondo per soddisfare la trepida curiosità del padrone di casa, e qui trascorrono l'esistenza, sepolti nell'ombra perenne di studi e laboratori, in una condizione rischiosamente oscillante fra quella del favorito e quella del prigioniero.

E in mezzo a costoro, ancora più al centro dell'immenso labirinto, ecco la pallida, annuvolata figura di un uomo assiso in trono. Un lungo manto gli avvolge le spalle ricadendo in ricche pieghe sui gradini ed è di un azzurro scuro e intenso, punteggiato di stelle d'oro, come il firmamento che gli astronomi di corte rappresentano con cura minuziosa sulle loro mappe. La testa dell'uomo, leggermente reclinata verso la spalla destra, è stretta nel greve cerchio di una corona, e alcuni suppongono che sia proprio quel peso a contrargli così spesso le labbra in una piega dolorosa. In compenso però le sue mani, almeno adesso, non reggono il globo e lo scettro: posano in grembo l'una sull'altra, la destra nuda e inanellata, la sinistra nascosta in un guanto di velluto azzurro che spesso egli sfiora nervosamente con la punta delle dita.

Anche i sapienti lanciano di tanto in tanto un'occhiata furtiva al guanto azzurro di cui è coperta la mano dell'imperatore, mentre esibendo gli oroscopi si affannano a garantirgli come ogni giorno che nessun pericolo lo minaccia e che il suo prospero, vastissimo impero è protetto dal favore immutabile delle costellazioni.

Eppure, per quanto glielo ripetano, l'imperatore non sembra convinto. Gli astri sono amici potenti ma lontani, separati da noi da tutto l'abisso dei cieli, e a quei confortanti vaticini egli potrebbe opporre facilmente segni assai meno fausti, che negli ultimi tempi sembrano moltiplicarsi con sinistra ridondanza. Una delle leonesse custodite nei serragli del castello non ha forse partorito prematuramente, poche settimane fa, un cucciolo a sei zampe, ora esposto nella camera delle meraviglie insieme con la sirena imbalsamata, le penne dell'ippogrifo e altre rarità e bizzarrie provenienti da ogni dove? E ieri notte le sentinelle cui nella sua timorosa circospezione egli ha affidato la sorveglianza della città non hanno forse riferito di aver visto una rossa colonna di luce levarsi sul fiume e poi spostarsi lentamente fino a scomparire oltre le mura del ghetto?

Tutto questo, aggrottando la fronte martoriata dalla corona, l'imperatore obietta puntigliosamente ai suoi dotti cortigiani, tacendo però di un altro segno, il più netto e minaccioso, la cui esistenza non ha mai confidato ad anima viva. Ma di nuovo i sapienti lo rassicurano: senza voler sminuire in nulla il valore della sua collezione, i leoni a sei zampe non sono poi così rari, a volte la natura si compiace di creare simili mostri non manifestando con ciò alcuna intenzione maligna, per puro capriccio, come un artista stanco di seguire le regole.

Quanto al ghetto, certo la questione è assai più complessa. Anche i figli di Israele, pur non potendo aspirare all'onorevole posizione di sudditi, professano obbedienza alla maestà imperiale, pagano puntualmente ogni tributo che la suddetta maestà si compiace di imporre, e quando si avventurano fuori del ghetto tengono un contegno umile e guardingo in modo da non dare scandalo alla gente timorata. Tutto tranquillo, dunque? I cortigiani non si sentono di affermarlo. Non sono in grado di dire cosa accada davvero nel chiuso della sinagoga, quali arti proibite vi si pratichino, quali complotti vi si ordiscano da parte di quella stirpe antica e subdola, notoriamente iniziata ai più tenebrosi misteri. E uno di loro, un famoso alchimista i cui esperimenti per mutare il piombo in oro sono stati talvolta coronati da un promettente inizio di successo, osa spingersi fino al trono per bisbigliare all'orecchio dell'imperatore.

Corre voce, dice l'alchimista, che in quella sinagoga vi sia un rabbino potente, versato in tutte le scienze occulte, e per quanto la sua sapienza non sia certo da paragonarsi con la nostra, pare che quando egli siede tra i discepoli a commentare le Sacre Scritture gli angeli scendano dal cielo e gli si radunino intorno per ascoltarlo.

Queste parole, sebbene pronunciate in un sussurro, sollevano vive proteste fra gli astanti, e l'alchimista si affretta a dichiarare che neppure lui presta del tutto fede a esagerazioni di tal sorta: nessun angelo, a quanto gli risulta, ha mai degnato della sua presenza una chiesa cristiana, figurarsi dunque se acconsentirebbe a far visita a un rabbino e a lasciarsi istruire da lui in materia di religione. Così egli non crede nemmeno, pur avendolo udito riferire da testimoni attendibili, che bagliori di fuoco ardano nella stanza durante quei convegni (ancora fuoco: curiosa combinazione), o che nel tratto di cielo sopra il ghetto appaia all'improvviso un arcobaleno. Sono esagerazioni, appunto; ma senza dubbio dev'esservi racchiuso almeno un nocciolo di verità, quanto basta per consigliare prudenza e l'adozione di drastiche misure.

Il sovrano però, invece di disporre queste misure, udito il racconto dell'alchimista si immerge in un silenzio pensoso, mentre il suo sguardo indugia con singolare fissità sulla mano nascosta dal guanto.

VI

In effetti un angelo c'è, almeno uno, nella casa del maestro: un angelo in grembiule che ora sta raccogliendo con scopa e paletta la cenere del focolare. Yossel lo osserva con timida curiosità badando bene a rimanere immobile nel suo cantuccio, poiché si è già accorto che quell'angelo è superbo, così superbo da correre via con un grido se appena egli tenta di avvicinarlo. Perciò il padrone gli ha ingiunto di non muoversi di lì fino al suo ritorno, a meno che non fosse Miriam a chiederglielo. Il maestro infatti chiama l'angelo "Miriam", proprio come chiama lui "Yossel", sebbene i loro veri nomi siano altri, siano i segni impronunciabili, le alte colonne di fuoco che ardono davanti al trono, e certo anche l'angelo Miriam debba custodire il suo nell'umida cavità della bocca.

Dal cantuccio in cui l'obbedienza l'ha costretto, Yossel segue dunque affascinato i movimenti dell'angelo che attraversa la stanza per raggiungere un mucchio di legna accatastata contro la parete, ne solleva qualche ciocco tra le braccia scarne, poi torna verso il camino vacillando leggermente sotto quel peso. Non è un lavoro adatto a un angelo, pensa Yossel, e dimentico di ogni altra considerazione si alza di scatto per accorrere in suo aiuto.

Appena lo vede alzarsi, Miriam lascia cadere la legna e si precipita verso la porta. Ma prima che abbia il tempo di fuggire dalla stanza si rende conto che il bestione non intende affatto inseguirla: si è chinato a raccogliere la legna dal pavimento e rimane fermo reggendola tra le braccia, apparentemente senza il minimo sforzo; e nei suoi spenti occhi grigi Miriam non scorge traccia di ferocia, solo uno sguardo interrogativo, cui infine lei si decide a rispondere puntando verso il camino l'indice tremante.

È mansueto e servizievole, il bestione, e non sembra neppure del tutto stupido: ora va armeggiando goffamente con quelle braccia tozze per disporre i ciocchi nel focolare, e ci riesce abbastanza bene, considerata la sua inesperienza, tanto bene che Miriam decide di avvalersi dell'aiuto inatteso e con un cenno gli ordina di andare a prendere altra legna. È persino divertente vedere con quale facilità riesca a sollevarla, quasi non fossero ciocchi ma fuscelli, e come a ogni gesto che compie torni a girarsi verso di lei in cerca di approvazione. Se al primo incontro, lassù in soffitta, la sua figura le aveva evocato alla mente gli orsi e i tori, adesso le viene da paragonarla a un grosso cane, smanioso di compiacere i padroni e facilmente addestrabile per il lavoro e per il gioco.

Quando si volge a guardarlo dopo aver sistemato la legna, Yossel si accorge che l'angelo ha mutato espressione: tiene le labbra leggermente sollevate scoprendo i denti piccoli e bianchissimi, ma non per morderlo, di questo è quasi sicuro. Se volesse morderlo si avventerebbe su di lui, invece rimane dov'è, a metà strada fra il camino e la porta, e lo fissa con uno sguardo privo di cattiveria. Così Yossel, non avendo mai colto un sorriso sulla bocca del maestro o degli austeri discepoli, finisce col convincersi che sia tipico degli angeli manifestare in quel modo le loro intenzioni amichevoli.

Sì, però non esageriamo, pensa Miriam vedendo il bestione venire verso di lei. Si avvicina alla parete, stacca una scopa dal gancio e gliela tende dalla parte del manico per frapporne tutta la lunghezza, ad ogni buon conto, tra sé e il bestione; ma poiché questi esita perplesso impugna lei stessa la scopa e comincia a spazzare con gesti lenti e dimostrativi.

Ora, quando gliela porge di nuovo, il bestione afferra la scopa e seguendo le sue istruzioni la manovra avanti e indietro sul pavimento, con tale energia da sollevare nuvole di polvere e da convincere persino il flemmatico gatto di casa a rifugiarsi per prudenza nella stanza accanto. E topi e scarafaggi si rintanano ancora più profondamente nelle loro fessure, le sedie si rovesciano restando a gambe all'aria in attesa dell'urto successivo, i piatti si frantumano gemendo nella credenza, finché il maestro, allarmato da quel frastuono, si affaccia sulla soglia, dove lo accolgono il riso irrefrenabile della servetta e lo sguardo smarrito e vergognoso del suo servo Yossel.

VII

Io ti parlo, Yossel, e tu non capisci, o almeno non sei in grado di rispondere. Eppure, tale è la parzialità di ogni creatore per la propria opera, guardarti mi dà una strana allegria, oltre a un senso d'orgoglio che fatico persino a dominare, e per quanto io conosca fin troppo bene i limiti della tua natura non riesco a fare a meno di rivolgermi a te come se davvero tu potessi comprendermi.

Devi ancora imparare molto, immagino che tu stesso te ne renda conto: a frenare la tua forza, a non rovesciare le sedie, a non disturbarmi con quel fragore intollerabilmente profano di piatti rotti mentre sono immerso nello studio della Legge; e quando avrai imparato tutto ciò, sarai forse un buon servitore, ma ancora non sarai un uomo.

No, Yossel, un uomo non lo sarai mai, e non è colpa tua, ti assicuro, non è il caso di prendere quell'aria avvilita. Devi sapere che se io fossi un giusto perfetto, senza alcuna traccia, ombra o indizio di peccato, crearti uomo sarebbe stata per me un'impresa da nulla: non è scritto infatti che un giusto perfetto, se vuole, è in grado di creare addirittura interi mondi? E molti insuperbiscono leggendo queste parole del grande profeta Isaia, e si gloriano che a semplici mortali come loro, purché seguano senza deflettere la via del bene, sia promesso un potere così grande, una così divina e strabiliante facoltà. Ma a considerarla meglio, la promessa non è altro che una beffa, una di quelle ironie di cui talvolta il Signore si compiace, perché tra gli uomini questo giusto perfetto non lo si troverà mai. Solo il Santo, sia Egli benedetto, può proclamarsi tale senza tema di smentita, e di conseguenza solo il Santo è in grado di creare mondi, come difatti è avvenuto e sempre avviene per tutta l'eternità.

Cerca però di non fraintendermi: non lo dico (guai a me!) per accusare il Signore, ma unicamente le mie manchevolezze, quelle dell'intelletto, che mi hanno ispirato la sconsiderata impresa di darti la vita, e quelle ben più gravi e profonde dell'anima, che si frappongono come una barriera insuperabile tra me e la potenza divina e a causa delle quali tu sei appunto ciò che sei: una creatura incompleta, appena sgrossata, una mente troppo rozza e informe per poter riversarsi nei preziosi, delicati recipienti delle parole. Forse per questo, benché la tua vista mi rallegri, non riesco a concepire nemmeno l'idea di toccarti senza sentirmi agghiacciare il sangue, senza patire nelle ossa lo stesso gelo che mi assalì quella notte mentre scavavo l'argilla dal greto del fiume.

È un duro destino, credimi, dover guardare alla propria creatura con un misto di compassione e di orrore; eppure, come non aspettarselo? Come presumere tanto delle mie mediocri virtù? Tu non lo sai, ma non fosti il primo a ricevere la vita per vie così bizzarre e temerarie. In un'epoca antichissima, in quella tramontata città di Babilonia non lontana dalla terra dove noi tutti torneremo alla fine dei tempi, abitava infatti un maestro chiamato Rava, e bada bene, era un maestro di grande sapienza, ai cui piedi io non sarei degno di sedere quale discepolo, e così giusto che quando venne la sua ora l'angelo della morte non osò colpirlo con la spada, ma gli rapì il respiro baciandolo sulle labbra, un privilegio accordato soltanto a chi è più caro al Signore. Si narra dunque che questo maestro Rava plasmasse come me un uomo d'argilla e come me lo animasse servendosi di uno dei sacri nomi; poi lo mandò dal maestro Zera, un altro rabbino di grande sapienza che viveva allora nella stessa città.

Il maestro Zera era uscito nel cortile della sua casa in cerca di refrigerio, perché quelle sono regioni molto calde, dove si trascorre l'intero inverno senza mai accendere il fuoco e si può camminare scalzi come Adamo nel giardino dell'Eden. Era uscito in cortile, dicevo, e se ne stava all'ombra di una palma assorto nello studio della Legge, quando a un tratto vide un'altra ombra allungarsi su di lui oscurando bruscamente la pergamena. Allora sollevò gli occhi e scorse quell'uomo mandato dal maestro Rava, e fu così cortese da smettere di leggere per rivolgergli un saluto, come usa tra gente beneducata. L'uomo tuttavia non rispose al saluto, e sebbene il vecchio, mosso vuoi dalla gentilezza, vuoi dalla curiosità, gli parlasse ancora, seguitò a non rispondere rimanendo muto e torreggiante davanti a lui.

Tanto bastò al maestro Zera per capire con chi avesse a che fare. «Te» disse tranquillamente tornando a posare lo sguardo sulla pergamena, «deve averti fabbricato qualche mio collega. Torna dunque alla polvere dalla quale provieni.» E forse l'uomo obbedì, poiché per quanto io cercassi non ne ho mai trovato altre notizie.

Eppure non so decidermi, Yossel, a imitare la severa fermezza di quel maestro restituendo anche te alla polvere dalla quale ti ho tratto. Torna invece alle tue faccende, te lo ordino, seguita a vivere anche imperfetto come sei, e se non puoi parlare procura almeno di essere altrettanto silenzioso nei movimenti, affinché il male si mescoli con il bene secondo l'ambigua legge di questo mondo.

VIII

"... Possano gli dèi e le dee, esordì l'imperatore, farmi morire ancora più crudelmente di come io stesso mi sento morire ogni giorno..."
A queste parole un'azzurra mano inguantata scosta con un gesto brusco le cortine che circondano il letto e subito il paggio si interrompe; poi dallo spiraglio si affaccia il volto pallido dell'imperatore. Che hai detto? domanda a voce bassa, così bassa che il paggio deve tendere l'orecchio per sentirlo. Che cosa volevi dire? E il paggio risponde: maestà, io non volevo dire proprio nulla, ho letto soltanto quel che sta scritto nel libro; e tace confuso, incerto se riprendere o no la lettura, perché il suo signore non ha aggiunto altro e senza impartirgli alcun ordine è tornato a ritrarsi dietro le cortine.

"... di come io stesso mi sento morire ogni giorno...": ora non è la voce del paggio, ma quella dell'imperatore a ripetere lentamente tali parole, come saggiandone il suono nella camera silenziosa. Il ragazzo non osa quasi respirare tanto lo atterrisce il plumbeo accento di disperazione con cui sono state pronunciate, peggio della collera, peggio, molto peggio del tono di fredda noncuranza nel quale gli si rivolge abitualmente il suo signore.

Ogni giorno, sì, e ogni notte... E davvero a queste parole il paggio si sente mancare il respiro, come se a un tratto le pareti della stanza si chiudessero intorno a lui serrandolo in un abbraccio opprimente.

Fuggirebbe, se potesse; ma dalla presenza dell'imperatore non si fugge, si può solo sperare di esserne graziosamente congedati, e appunto questo il paggio spera con tutte le sue forze mentre dissimula il turbamento fingendo di proseguire per proprio conto la lettura del libro.

Basta, richiudilo, dice l'imperatore appena se ne accorge. E dopo un istante, quasi a esaudire la sua segreta preghiera: richiudilo e lasciami. Dovresti capirlo da te che desidero rimanere solo.

Prima che abbia finito di dirlo il paggio, camminando precipitosamente all'indietro, ha già raggiunto la porta e si inchina per l'ultima volta verso le cortine del letto. La solitudine tuttavia non è di grande conforto all'imperatore: se il ragazzo aveva visto chiudersi intorno a lui le pareti della camera, all'inquieto personaggio rannicchiato in fondo all'alcova sembra che sia addirittura il proprio petto a restringersi a poco a poco, inesorabilmente, sino a comprimergli il cuore, e gli sembra che dalla mano avvolta nel guanto azzurro una vampa arda spietata risalendo fino alla spalla.

Prova a distendersi, a girarsi sul fianco destro, poi sul sinistro, quindi a raggomitolarsi nascondendo il viso sotto le coltri, ma quell'oscurità lo sgomenta, e subito egli torna a scoprirsi e a cercare con gli occhi il tenue, rassicurante bagliore dei candelieri. È soffice e comodo, il suo letto, eppure non gli riesce meno insopportabile di una di quelle tavole di legno dove i prigionieri vengono legati per subire ingegnose torture. Infine, disperando di poter mai prendere sonno, si alza di scatto e gettatosi addosso un mantello esce nel corridoio con la stessa impazienza precipitosa che aveva ispirato poco prima la fuga del paggio.

È notte fonda ormai, tutti i domestici si sono ritirati nei loro alloggi, e persino le guardie che dovrebbero vigilare davanti alla porta si sono addormentate. Con cautela, badando a non ridestarli, l'imperatore aggira quei corpi immersi in un'invidiabile incoscienza: le loro armi non potrebbero nulla per dissipare l'ansia che lo assedia, i loro inchini ossequiosi non farebbero altro che esasperarlo, e il suono di una voce, di una qualunque voce umana, gli urterebbe i nervi come il più stridente dei rumori.

Percorre dunque in punta di piedi il tortuoso corridoio che separa i suoi quartieri dal resto del palazzo e raggiunge le sale di rappresentanza, dove per suo ordine le candele vengono lasciate accese dal tramonto sino allo spuntare dell'alba. Non c'è nessuno qui, neppure una guardia addormentata: solo quell'immensa congerie di oggetti preziosi dei quali egli stesso ha voluto circondarsi e che ora gli paiono sinistri, rinchiusi in una torva estraneità.

A passi silenziosi, come un guardingo esploratore che si inoltri nella foresta inviolata, il sovrano avanza sui lisci pavimenti di marmo, fra i drappi segnati da ombre profonde e le teste di drago dei candelieri sporgenti dalle pareti, sotto gli alti soffitti a cassettoni che minacciano di rovesciargli addosso la greve magnificenza dei loro stucchi; osserva i mobili sui cui piani intarsiati le scaglie di madreperla vibrano di un bagliore lunare, i quadri a olio dalle spesse cornici dove le figure annegano nell'oscurità dello sfondo, l'algido popolo delle statue che protendono le braccia verso di lui fissandolo con occhi senza sguardo, e gli specchi, specialmente gli specchi, che sono dappertutto e dai quali ogni volta gli si fa incontro il suo volto pallido e teso, la sua azzurra mano inguantata.

Per eludere quell'incontro che le terse superfici di cristallo gli ripropongono con angosciosa insistenza, si rifugia nell'ala laterale dove sono situati i laboratori degli alchimisti, ma anche qui, sotto le basse volte di pietra, trova ad accoglierlo il cristallo, il luccichio sulfureo delle storte e degli alambicchi nelle cui gobbe e serpentine il suo viso gli appare scomposto in mille frammenti privi di connessione. Così, in quel disperato vagabondare, è sospinto senza posa di luogo in luogo alla ricerca di un conforto, o almeno di una momentanea distrazione dai pensieri che lo assillano. Lo cerca invano negli studi degli astrologi, tappezzati di mappe celesti sulle quali le costellazioni tracciano l'ambiguo disegno del suo destino, e nella camera delle meraviglie dove creature mostruose, raccolte e catalogate con scrupolo dai funzionari addetti alle collezioni imperiali, gli si affollano intorno come uno sgradito parentado invitandolo a confrontare con le loro, così chiaramente esibite, le occulte, dolorose deformità della propria anima.

Dovunque volga il passo, l'infelice sovrano si trova a vagare in un labirinto di specchi che ineluttabilmente finisce col ricondurlo al punto di partenza: alla soglia della sua camera, a quel suo letto d'insonne cui si era illuso di poter sfuggire.

Ma invece di rassegnarsi a tornare a letto l'imperatore prende un'altra strada, imbocca la galleria segreta che dai suoi quartieri conduce direttamente ai giardini. La notte è fredda in quest'ultimo scorcio prima dell'alba, ed egli deve avvolgersi più strettamente nel mantello per vincere i brividi che lo assalgono appena è raggiunto dal primo refolo d'aria, ma quale sollievo trovarsi infine all'aperto, senza specchi, senza soffitti incombenti, senza sentirsi più intrappolati nel soffocante apparato della regalità.

È vasto il mondo, pensa l'imperatore contemplando il lento impallidire delle stelle: in un solo spicchio di cielo, come quello che mi sovrasta, c'è più immensità che in tutte le carte dei miei astronomi; ma tale riflessione all'improvviso lo inquieta e lo costringe ad abbassare lo sguardo. È vasto e colmo di insidie, pensa ora costeggiando roseti e macchie d'alberi affioranti dalla tenebra in un bagliore d'argento, laghetti assorti e fontane dal cupo gorgoglio, lunghe file di gabbie dalle quali leoni e pantere levano al suo passaggio un ruggito sommesso; e prosegue verso la prima cerchia di mura, eretta intorno alla sommità della collina, sino al punto in cui il cammino di guardia si allarga in una sorta di belvedere. Più in là si spinge così di rado, che ormai considera quei bastioni come il vero confine del suo regno, e si rallegra ogni volta di avervi fatto costruire un osservatorio per poter spiare da lontano il territorio straniero che si estende oltre il castello.

Anche adesso vi indugia a lungo, mentre l'aurora diffonde nel cielo un chiarore fiammeggiante, e con i gomiti appoggiati al parapetto scruta la massa scura e tormentata della città, le sue torri, i suoi tetti aguzzi, il buio profondo annidato nei suoi vicoli.

È vasta e colma d'insidie, pensa l'imperatore, e nei pennacchi di fumo che sorgono dalle torri di guardia, dalle botteghe dei fornai, dalle case dove il popolo mattiniero sta già cucinando il primo pasto della giornata, gli sembra di riconoscere il respiro di un gigantesco animale.

Ora di là dal fiume riesce a distinguere le mura del ghetto, e tra le mura l'accalcarsi scomposto delle casupole, e tra le casupole la sinagoga, sovrastata dall'enorme soffitta di legno che spicca scurissima contro il cielo ardente. È come se dentro quella soffitta splendesse un fuoco, pensa l'imperatore soffermandovi uno sguardo affascinato; e a un tratto gli tornano alla memoria certe storie strane e confuse che qualcuno gli ha raccontato tempo fa, storie di angeli, di rabbini, e di una rossa colonna sorta di notte sul fiume per poi scomparire proprio lì, entro le mura decrepite del ghetto.

IX

Il giorno dopo gli abitanti vedono aggirarsi per il ghetto alcune figure bizzarre: portano tutte la barba, il cappello a punta, la grossa stella gialla cucita sul caffetano, ma a parte questo hanno modi e aspetto di gentili e bighellonano nelle viuzze fangose studiandosi di attaccar discorso con i passanti, visitando le botteghe più per chiacchierare con il proprietario che per acquistare le sue povere mercanzie, indugiando specialmente intorno alla sinagoga con l'aria di cacciatori appostati in attesa della selvaggina.

Che non siano ebrei risulta evidente a chiunque abbia occasione di avvicinarli: hanno un accento diverso, un diverso frasario, sembrano ignorare le cognizioni più ovvie e comuni, e se davanti a uno di loro pronunci ad esempio l'espressione: "il Santo, sia Egli benedetto", quello ti guarda perplesso, come chiedendosi a quale dei santi tu ti riferisca. Perciò i figli d'Israele rispondono con cortesia evasiva alle domande che i forestieri insinuano ostinatamente nella conversazione, badando a non fornire loro alcuna informazione precisa, non già perché abbiano qualcosa da nascondere o siano a conoscenza di particolari segreti, ma per una cautela quasi meccanica che finisce col diventare istinto in tutti i perseguitati.

Quella? Sì, dev'essere proprio la serva del rabbino.

Si chiama Ruth, o Rachele, o un nome del genere, loro non saprebbero dirlo con esattezza: quella ragazza la conoscono appena, si limitano a lanciarle un saluto quando la vedono uscire con la cesta sotto il braccio per andare al mercato, e anche il suo padrone lo vedono soltanto durante le preghiere o i riti sacri. Sembra piccolo, il ghetto, ma stipate l'una sull'altra vi abitano tante famiglie che è davvero impossibile conoscere tutti. Quanto ai presunti prodigi che si sarebbero manifestati in una notte estiva, loro non riescono a rammentarsene: durante la notte hanno l'abitudine di dormire, e non si accorgerebbero di nulla nemmeno se proprio lì, nel vicolo davanti a casa, comparisse improvvisamente il Messia in persona.

Così, delusi da quella reticenza inscalfibile, i forestieri smettono di interrogare gli abitanti del ghetto; ora si limitano a ciondolare qua e là con simulata svagatezza, spiando ciò che accade, e gli abitanti li spiano a loro volta nel tentativo di indovinarne gli scopi.

Tale presenza estranea non passa inosservata neppure nella casa del maestro, dove vengono adottate le opportune precauzioni. L'andirivieni dei discepoli è cessato del tutto, il vecchio trascorre quasi per intero la giornata a leggere dinanzi alla finestra dello studio, offrendosi con ironica disponibilità agli sguardi dei forestieri che passano e ripassano sulla strada, mentre Yossel rimane confinato nella soffitta, in solitudine, se si eccettuano le visite brevi e furtive compiute dal suo angelo per portargli da mangiare.

Ogni volta egli vorrebbe trattenerlo, e pur senza osare afferrarlo tende le braccia verso di lui, ma ogni volta l'angelo corre via mostrandosi insensibile a quella muta preghiera, e quando chiude la porta Yossel si ritrova solo tra i candelabri, i libri polverosi, gli scialli da preghiera che oscillano lievemente nella penombra. Allora, per consolarsi, va in cerca di un'altra compagnia: da tempo infatti ha scoperto di non essere l'unica creatura vivente della soffitta. Esamina ad una ad una le tenui frange argentee che pendono dalle travi, ed è quasi felice quando riesce infine a scovare un ragno e può immergersi nella contemplazione di quelle zampette sottili e stranamente affaccendate: gli ricordano in qualche modo le dita dell'angelo, così agili da riuscire in imprese come sgranare i piselli o infilare il refe riluttante nella cruna di un ago. Oppure si lascia catturare dallo spettacolo offerto da un topo che guizza rapidissimo sul pavimento, finché lo perde di vista, poiché lui è lento e pesante in tutto, persino nello sguardo, e prima che possa trasferirlo da un punto all'altro la bestiola è già sparita in qualche angolo buio. Prova dunque ad attirarla posando sul pavimento qualche briciola del suo pane, e se i primi tempi questo stratagemma non sortiva alcun risultato, ora accade a volte che un topo più intraprendente degli altri, o dotato di maggiore intuito psicologico, trovi il coraggio di abbandonare il suo rifugio e di mangiare le briciole sotto gli occhi di quel gigante inoffensivo.

Ma a Yossel i topi della soffitta paiono miseri e insignificanti in confronto a quelli che frequentano la cucina del maestro, topi ben pasciuti, con il mantello lustro, ingrassati dagli avanzi di ogni genere di cui riescono a impadronirsi schivando accortamente la scopa che l'angelo Miriam brandisce in continuazione contro di loro proprio come altri angeli, a quanto egli ha udito raccontare, brandiscono spade fiammeggianti dinanzi all'ingresso del paradiso.

Yossel non è l'unico cui la presenza dei forestieri infligga penose privazioni. Nelle botteghe la gente rimane solo quel tanto che occorre per compiere frettolosamente gli acquisti indispensabili e poi si allontana, senza degnare di uno sguardo le altre merci sciorinate sui banchi, sicché alla sera il proprietario deve contare un guadagno più magro del solito e rivolge occhiate di sommesso rimprovero al falso israelita che ancora si attarda davanti alla sua porta; per non parlare dei discepoli, defraudati degli illuminanti colloqui con il maestro e così pavidi da non osare neppure ritrovarsi tra loro se non alla sinagoga, quando possono confondersi in una più vasta comunità. E anche a Miriam i lavori domestici sembrano troppo noiosi senza quel buffo bestione che la seguiva di stanza in stanza imitando i suoi gesti.

Perciò nell'affollato intrico del ghetto non vi è chi non accolga con sollievo la scomparsa degli estranei. Avviene all'improvviso, una mattina: fino a ieri erano lì e oggi non ci sono, fino a ieri si era oppressi da mille timori e oggi si può di nuovo respirare liberamente. Le donne riprendono a intrecciare le loro ciarle da un ballatoio all'altro, i passanti si salutano senza paura chiamandosi per nome, nelle botteghe i clienti esaminano con tutta calma la merce prima di compiere le proprie scelte oculate, e il ghetto torna ad essere un piccolo mondo chiuso dove si patiscono, è vero, i supplizi dell'esclusione, ma in compenso ci si sente sempre in famiglia, a casa come per strada. Quanto a Yossel, la sua gioia è tale da strappargli un riso silenzioso e incontenibile quando il padrone, affacciandosi alla porta della soffitta, gli fa cenno di seguirlo giù per la scala a chiocciola.

X

L'imperatore, non disdegnando a volte l'ironia, tiene in serbo una forca d'oro per quegli alchimisti che non si dimostrino in grado di mantenere le promesse; ma naturalmente dispone anche di capestri più ordinari cui ricorre quando si tratta di punire, anziché la mancata fabbricazione dell'oro, i normali crimini dei quali si rendano colpevoli i suoi sudditi. Questa volta tuttavia è troppo infelice, e troppo rassegnato alla propria infelicità, persino per castigare come meriterebbero le disutili spie che qualche segreto nel ghetto avrebbero pur dovuto scoprirlo, aggirando la scaltra diffidenza dei figli d'Israele.

Si limita dunque a farle rinchiudere in una torre in attesa di stabilirne la sorte, ma tale è la sua accidia che finisce col dimenticarle lì dentro, ancora vestite dei caffetani, le barbe posticce ammucchiate in un angolo della cella, e anche quelle dicerie su misteri, colonne di fuoco, rabbini dediti alle arti occulte, sbiadiscono a poco a poco dalla sua memoria oscurate da nuove preoccupazioni. Così gli ebrei possono seguitare a vivere indisturbati nelle anguste stradine da cui non si scorge nemmeno la mole turrita del castello che incombe minacciosa sull'altra riva, limitando come sempre i rapporti con la maestà imperiale al puntuale pagamento di tasse e gabelle e ai bruschi risvegli notturni quando sentono sferragliare intorno alle mura del ghetto la carrozza chiusa a bordo della quale il sovrano compie le sue rare sortite.

È un lungo periodo di tranquillità in tutte le case, ma addirittura di festa nella cucina del maestro dove Miriam e Yossel, incuranti dei discepoli che talora passano di lì rivolgendo loro sguardi di accigliata alterigia, trasformano in gioco ogni occupazione domestica e ridono continuamente, lei perché il bestione è davvero troppo buffo, lui, di quel suo riso violento e silenzioso, perché l'angelo si mostra così affabile e lo tratta con tanta benevolenza.

Pur essendo tutt'altro che muta, anzi, incline a una certa loquacità quando va al mercato o ha occasione di incontrare altre ragazze, con Yossel Miriam non ricorre mai alle parole, forse per un riguardo istintivo che le vieta di fargli sentire la sua inferiorità. Gli parla a gesti, e quei taciti discorsi divengono di giorno in giorno più complessi, poiché ora non si limita a istruirlo nelle faccende di casa ma escogita lunghe, assurde sequenze di movimenti per il solo gusto di vedergliele replicare, intrecciando con lui una sorta di danza o di pantomima. Spesso il maestro li sorprende così, l'uno di fronte all'altra nelle pose più bizzarre, e deve reprimere lui stesso una risata per richiamarli all'ordine senza farsi complice del loro gioco.

Quelli che invece non si divertono proprio sono i discepoli, sempre alteri e accigliati, sempre pronti a ripetere a mezza bocca l'impietosa esortazione del rabbino Zera, sempre sprezzanti nei riguardi di quella creatura ottusa e non del tutto umana che chissà come è riuscita a conquistarsi l'affetto del maestro. Con finto candore insistono a interrogarlo e ogni volta si mostrano stupiti della sua mancata risposta, quasi non si capacitassero che un uomo, o presunto tale, possa essere davvero muto, senza favella, incapace di articolare la più semplice parola. Allora Yossel, mortificato, si ritira in un angolo e non ne esce più finché i discepoli non lasciano la stanza, oppure torna a rinchiudersi nella sua soffitta cercando la compagnia più misericordiosa dei topi e dei ragni. Una volta sola, invece di ritirarsi, ha allungato improvvisamente le braccia su di loro e quelli sono fuggiti urlando, del tutto dimentichi della propria compassata gravità.

XI

Devi sapere che quando il bambino comincia a prender forma nel ventre della madre un angelo scivola accanto a lui in quella buia cavità e accende una lampada proprio sopra il suo capo. Sembri interessato, Yossel, come sempre quando ti parlo degli angeli, e davvero non capisco per quale motivo tu nutra nei loro riguardi una curiosità così spasmodica; ma questa volta devi ascoltarmi ancora più attentamente del solito, sforzandoti di comprendere bene.

Al chiarore di quel lume, nei nove mesi che precedono la nascita, l'angelo mostra dunque al bambino tutto ciò che vi è nel mondo. Senza muoversi, percorrono l'intero universo; stanno sempre rincantucciati nel loro rifugio, eppure è come se il bambino fosse salito sulle ali dell'angelo e compisse con lui il più avventuroso dei viaggi. Figurati che davanti ai suoi occhi, illuminate dal tremulo bagliore di quella lampada, sfilano allora tutte le specie degli animali, dagli insetti minuscoli, quasi invisibili a occhio nudo, sino ai giganteschi elefanti che incutono tanto terrore alle genti dell'Asia e dell'Africa, e dopo gli animali appaiono le piante, e dopo le piante i diversi metalli che la terra custodisce nelle sue profondità.

Poi vengono gli uomini, uomini di ogni epoca e condizione, dalla prima coppia scacciata dall'Eden a quanti oggi respirano, e persino le generazioni future il cui turno non è ancora venuto e che si accalcano impazienti sulla soglia della vita. L'angelo glieli mostra uno per uno, contadini e pastori, sovrani e mercanti, e in quella folla gli indica con particolare insistenza le figure dei giusti, affinché gli siano d'esempio nel cammino terreno. Gli mostra i patriarchi nelle loro tende circondate dal mare fluttuante delle greggi e i corrucciati profeti sulle cui labbra arde la parola di Dio; gli mostra re Davide che danza come un folle davanti all'arca e Salomone intento a misurare con il filo a piombo i muri del Tempio; ma accanto a tali dilettevoli immagini vengono presentate al bambino le scene dolorose della schiavitù e dell'esilio, in modo che non si faccia troppe illusioni e sia preparato ad affrontare le amarezze che lo attendono.

Ascolta bene, Yossel, perché non è finita: sotto la guida dell'angelo, e sempre senza lasciare il suo rifugio, ora il bambino può visitare tutte le città e i paesi da un capo all'altro della terra, può tuffarsi come un pesce nel fondo tenebroso degli oceani e come un'aquila librarsi in volo sulle più alte montagne. Qualche volta ha paura e si afferra più strettamente alle ali dell'angelo; qualche volta piange persino, ma l'angelo non se ne dà per inteso e lo conduce oltre, sempre oltre nella sua sconfinata esplorazione.

Dopo la terra gli mostra anche gli altri mondi, quelli abitati e quelli tenuti in serbo per i giusti cui saranno donati come premio alla fine dei tempi; gli mostra l'inferno dove i malvagi scontano eternamente le loro colpe, e le dieci sfere di zaffiro, dieci e non nove, dieci e non undici, attraverso le quali scende sino a noi l'estremo riflesso della luce divina.

Ma dopo avergli mostrato tutto questo, al compiersi del nono mese l'angelo spegne la lampada con un soffio e dandogli un buffetto sul naso ordina al bambino di uscire, d'iniziare il cammino di uomo, e se quello si rifiuta lo spinge fuori a viva forza senza lasciarsi commuovere dai suoi strilli e dalle sue lacrime. E appena è fuori, nell'istante della nascita, il bambino dimentica quanto ha veduto; io però credo che la sua anima ne serbi sempre una traccia, segreta e profonda, sottratta alla stessa coscienza, e che sia proprio quella a permettergli di orientarsi nella vita e di non sentirsi straniero né in questo mondo né nell'altro.

Così è dunque per ogni bambino, per ogni uomo. Ma tu, mio povero Yossel, provieni da un'oscurità che nessun angelo ha mai visitato, e nessuna lampada è stata mai accesa sul tuo capo per svelarti i misteri del cielo, le meraviglie della terra e la sorte di chi la abita. Perciò, vedi, la tua anima è cieca, si dibatte come un pipistrello in trappola fra le anguste pareti di questa casa; perciò sei rimasto ottuso e disorientato come il giorno in cui ti trassi dall'argilla e somigli così poco a un essere umano da suscitare il disprezzo dei miei discepoli.

Ora tocca a me rimediare, per quanto posso, e se non ho ali su cui sollevarti, se non dispongo di lampade prodigiose, ho deciso di condurti almeno fuori di qui perché tu riveda il cielo e le colline, il fiume con i suoi ponti, i palazzi dei ricchi e le catapecchie dei poveri, tutto ciò che ti è apparso soltanto di sfuggita la prima notte mentre seguivi i miei passi affannosi lungo la riva. Questa volta cammineremo più adagio, osservando per bene ogni cosa, e io te le mostrerò ad una ad una proprio come avrebbe fatto quell'angelo.

Resta seduto, Yossel: non ho detto che ci andremo subito. Attenderemo invece la sera, quando il velo azzurro che all'alba si stende sopra di noi per rinnovare la creazione e nascondere il firmamento ai nostri sguardi viene ripiegato di nuovo, lentamente, e muta a poco a poco colore, ma gli ultimi echi della luce diurna indugiano nel cielo consentendo ancora di scorgere gli oggetti con chiarezza. Allora anche gli uomini si ritirano, le vie cominciano a spopolarsi, e noi potremo percorrerle senza esporci troppo alla curiosità degli estranei.

XII

E così il maestro esce per strada con il suo servo Yossel mentre il velo diurno comincia a ripiegarsi in un trionfo di porpora e le prime stelle lattiginose si affacciano sulla città. Ma di tutto ciò non si scorge nulla dai vicoli del ghetto, dove le case si inclinano l'una verso l'altra come cercando vicendevolmente un sostegno per le loro malferme strutture e precludono a tal punto la vista del cielo, che Yossel non ha affatto l'impressione di trovarsi all'aperto: gli sembra piuttosto di vagare ancora nella casa del maestro che è inaspettatamente grande e tortuosa, un susseguirsi interminabile di corridoi, ripide scale dai gradini di legno, passaggi e cunicoli di cui s'indovina appena l'ingresso. Da principio Yossel stenta dunque a comprendere per quale motivo il suo padrone gli abbia ordinato di camminare curvo, tenendosi più che può addossato ai muri, o perché ad ogni angolo gli ingiunga di fermarsi e di aspettare un suo cenno prima di proseguire; poi tuttavia si convince che, per indurre il maestro a prendere tante precauzioni, in quelle parti sinora sconosciute della sua casa debba abitare gente malvagia e pericolosa in cui egli stesso non desidera imbattersi, e la sua andatura circospetta, le sue mille titubanze, finiscono con l'infondergli un terrore mai sperimentato.

Imitando il maestro, si sforza di accelerare il passo ogni volta che intravede un'ombra nel vano di un portone o una figura alla finestra, ma il suo sgomento è tale dinanzi a quelle apparizioni, che il cuore gli martella nel petto e le ginocchia si piegano stranamente, come vinte dalla stanchezza. E se quando il vecchio gli aveva annunciato di voler condurlo fuori si era sentito invadere da una gioia sfrenata, ora rimpiange lo spazio raccolto e protettivo della sua soffitta, dove non mettono piede i malvagi, ma soltanto gli angeli e quelle minuscole, mansuete creature con cui si è abituato a condividere le ore di solitudine.

Pur avendola già attraversata la prima notte, non riesce a distinguere la porta del ghetto dai molti archi sotto i quali è dovuto passare nel suo lungo cammino per i vicoli; ma appena oltre le mura gli si presenta un orizzonte così incredibilmente vasto da costringerlo a volgere all'intorno uno sguardo stupito. Ora sì, è davvero all'aperto: sopra di lui si schiude un'altezza vertiginosa dove oscillano ancora gli ultimi lembi di quel velo che però non è azzurro come gli aveva detto il maestro, ma di un rosso violaceo, simile al colore delle ciliegie quando sono mature e si sciolgono contro il palato, e lo stesso colore si riversa su tutto ciò che è sotto tingendo i tetti e le guglie, cadendo in larghe chiazze fin sul selciato della strada.

È una strada più ampia, del tutto diversa dai tetri corridoi del ghetto, e gli edifici che la fiancheggiano si dispongono comodamente sui due lati, senza accalcarsi, spiegando con agio una profusione di bifore e colonne, di ogive e edicole aggettanti, di figure dipinte o scolpite che chinano su di loro uno sguardo distaccato. Di tanto in tanto il maestro si ferma per indicargliene una o richiama la sua attenzione sull'insegna che sovrasta il portone di una casa: "Al pavone azzurro", "Al serpente d'oro", "Al cervo danzante", parole che Yossel comprende a stento quando il maestro gliele pronuncia a bassa voce e che pure esercitano su di lui una sorta di seduzione, come se nelle formule di quell'astrusa zoologia si condensasse tutto l'incanto della città.

Da un pezzo non cammina più curvo e spesso dimentica addirittura di tenersi rasente ai muri, sicché il padrone deve redarguirlo ogni volta imponendogli un contegno meno incauto. Lo fa ora a gesti, ora con qualche parola sussurrata in fretta, ma sempre senza toccarlo, anche se cammina vicinissimo a lui e gli basterebbe dargli un lieve strattone per riportarlo sul margine della strada. Yossel però ha imparato: appena sente un rumore di passi o l'echeggiante scalpitio prodotto dagli zoccoli di un cavallo è svelto a nascondersi in un androne o a sparire con agilità inattesa dietro il primo angolo; poi, quando il rumore si allontana, torna a raggiungere il maestro, e se potesse parlare gli domanderebbe perché mai non si decida ad abbandonare quelle ansiose precauzioni nemmeno qui dove tutto è così bello e sereno, così inconfondibilmente benigno sotto il cielo color ciliegia.

Persino respirare è più facile fuori del ghetto. Finora Yossel aveva creduto che l'aria fosse fatta proprio in quel modo, densa e stagnante, sempre impregnata di grevi odori di cucina, mentre adesso la scopre diversa, più rarefatta, e la fiuta avidamente cercando di distinguere i mille profumi che vi si mescolano.

Così, in un'attonita esplorazione, segue il suo maestro sino alla riva del fiume: qui quella visuale già vasta si spalanca di colpo in dimensioni sconfinate, e Yossel deve fermarsi, e deve portarsi una mano agli occhi per proteggerli dall'accecante intensità del tramonto. Per la prima volta, spiando attraverso le dita socchiuse, vede il disco del sole che si inabissa dietro la collina e circonda di un alone purpureo l'immenso edificio arroccato sulla cima. Guarda, gli dice il maestro, guarda senza timore: quello è il castello, sede della maestà imperiale, e ogni sera il sole tramonta proprio lì dietro costringendo i sudditi che lo osservano di quaggiù a chinare gli occhi come per un omaggio rispettoso. Ma basta non fissarlo direttamente, quel grosso disco rosso, e non si corre alcun pericolo. Puoi indugiare quanto vuoi sulle torri, sulle cupole d'oro, sulle lunghe linee merlate delle mura che attraversano la collina; puoi seguire i giardini nel loro dolce digradare verso il fiume e contemplare uno per uno, sulle pendici, i palazzi dove vivono i nobili. Il castello per noi è inaccessibile, protetto da guardiani gelosi, ma almeno i palazzi avrai modo di vederli più da vicino, poiché intendo condurti anche sull'altra riva.

E Yossel fa come gli dice il maestro, osserva tutto, badando a non fissare direttamente il disco del sole che d'altronde è già scomparso quasi per intero e si è lasciato dietro una più tenue luminosità; ma alle ultime parole del maestro si incammina risoluto verso il ponte, perché l'altra riva gli sembra ancora più bella di questa, con i suoi palazzi, con le verdi distese dei giardini, con la maestà imperiale che abita là in cima circonfusa di tutto lo splendore del tramonto, e se non sa di preciso cosa sia una maestà imperiale, la immagina simile a quel re dei re di cui spesso ha udito parlare il padrone come di una creatura potente e meravigliosa, celata anch'essa agli sguardi dei sudditi dietro le alte mura di fuoco del suo palazzo.

Sorridendo di tale impazienza, il maestro lo segue e si dirige con lui verso il ponte. Quando vi giungono la luce si è ritirata del tutto, sotto le arcate di pietra l'acqua scorre nerissima, senza più traccia di riflessi. E nera, trainata da neri cavalli con pennacchi ondeggianti, è anche la carrozza chiusa che ora, arrivati a metà del ponte, vedono venire al galoppo dall'altra riva.

Attento, Yossel, dice il maestro, e imitato goffamente dal suo servitore si trae in disparte addossandosi al parapetto. Fa' come me, inchinati sino a terra quando passa quella carrozza. Fatti più piccolo che puoi, mi raccomando, e bada di non sollevare il capo finché non si è allontanata.

E Yossel fa come lui, si rannicchia contro il parapetto, la schiena curva, gli occhi bassi, tentando di ridurre più che può l'ingombro del suo corpo. Sprofondati come sono in quell'inchino timoroso, non riescono più a scorgere la carrozza: sentono soltanto il cigolio delle ruote, il battito degli zoccoli sempre più vicino. Ma all'improvviso non sentono più nulla e il maestro, levando appena il capo per scoprire la causa di un così inatteso silenzio, vede che la carrozza si è fermata a pochi metri da loro.

Il cocchiere dalla livrea luccicante che siede in serpa con altezzosa gravità non sembra essersi neppure accorto di quei due; tutta la sua attenzione è concentrata sui cavalli che, scossi da fremiti violenti, fissano atterriti davanti a sé e si rifiutano di procedere. Invano egli prova a incitarli, prima a voce, poi schioccando in aria la frusta, infine abbattendola sulle loro groppe con irosa veemenza: piuttosto che proseguire di un solo passo quelle bestie paiono disposte a lasciarsi ammazzare lì dove sono, e il cocchiere, meravigliato, ora spinge a sua volta lo sguardo davanti a sé, lungo il buio selciato del ponte, e a sua volta riesce a distinguere nella penombra due figure in caffetano e cappello a punta, l'una più esile, l'altra singolarmente grande, che attendono a breve distanza accanto al parapetto.

Che vi prende? grida spazientito ai cavalli. Non vedete che sono soltanto due ebrei? Ma i cavalli continuano a mantenere quell'ostinata, tremante immobilità, mentre le fitte cortine che schermano i finestrini della carrozza si socchiudono adagio, scostate da una mano azzurra, e due occhi inquieti e penetranti si posano sulla figura più esile, quindi sulla più grande, insistendovi a lungo, come per ravvisarne le sembianze sotto il cappello a punta e le ampie pieghe del caffetano.

Irrigidito nel suo inchino il maestro osa a malapena respirare, e anche Yossel è così immobile da sembrare scolpito nella grigia pietra del parapetto. E di nuovo, dall'imbocco del ponte sull'altra riva, si ode un calpestio di zoccoli, sempre più forte, sempre più vicino, finché dietro la carrozza compare un drappello di cavalieri armati, minacciosi nelle loro uniformi.

Smontano di sella (appena in tempo, perché se avessero avanzato di un altro metro anche i loro cavalli si sarebbero paralizzati all'improvviso), corrono verso i due uomini in caffetano, e con gesti e bruschi ordini gridati ingiungono loro di allontanarsi. Uno dei due obbedisce subito e si avvia in direzione del ghetto, ma l'altro rimane dov'è, fissando le guardie che lo circondano con le spade in pugno.

L'uomo (ma è poi un uomo? Qualcosa, nello sguardo degli occhi grigi, spingerebbe a dubitarne) continua a fissare i soldati che lo scrutano di rimando, silenziosi, adesso, stranamente riluttanti a lanciare ordini e intimazioni, e un osservatore attento potrebbe cogliere il lievissimo ondeggiare delle spade che impugnano, non del tutto salde nella presa delle dita.

Chissà perché, ciascuno di loro aspetta che sia un altro a farsi avanti per primo, e così tutto rimane immobile, pietrificato: i cavalli, le guardie, il grande uomo dagli occhi grigi, e persino la mano inguantata che stringe le cortine della carrozza. Solo il secondo uomo, quello che si era avviato verso il ghetto, ora torna sui suoi passi: vorrebbe raggiungere il compagno, eppure non osa penetrare nel cerchio assorto delle guardie.

Finché qualcuno si fa avanti davvero, spezzando quel greve sortilegio. Non con la punta, ma di piatto, uno dei soldati si decide a toccare con la sua spada l'uomo dagli occhi grigi, semplicemente per smuoverlo di lì e consentire alla carrozza di riprendere il cammino. Ma la lama ha appena sfiorato la ruvida stoffa del caffetano, che dalle labbra del soldato erompe un urlo quale nessuno aveva mai udito: un urlo altissimo, tremendo, incessante, che dapprima fa accorrere intorno a lui i commilitoni, poi li mette in fuga, mentre la mano azzurra si ritrae bruscamente dietro le cortine e i cavalli battono gli zoccoli a terra sbuffando dalle froge.

Vieni, Yossel, dice il maestro sottovoce. Nello sgomento generale è riuscito infine ad accostarsi alla sua creatura, a passi cauti e precipitosi la riconduce verso il ghetto strisciando contro il parapetto di pietra. La guardia intanto continua a urlare, di quell'urlo alto e terribile che non sembra destinato a spegnersi prima della fine del mondo, ma a poco a poco altre grida vi si mescolano, grida di uomini e donne che accorrono sul ponte dalle due rive e compongono intorno all'infelice una calca sempre più fitta. Yossel e il maestro fanno in tempo a sentirle, allontanandosi; fanno in tempo a vedere quella massa convulsa dalla quale i variopinti pennacchi delle guardie emergono come creste di schiuma da un mare in tempesta, la vedono addensarsi, poi disperdersi, poi addensarsi di nuovo in un flusso tumultuoso, mentre alcune figure si staccano dai suoi margini volgendosi verso il ghetto con gesti furibondi.

XIII

Poche ore, ed ecco che alte colonne di fuoco si levano davvero dal ghetto, diffondendo nel cielo una luce corrusca. È notte fonda, ma gli abitanti si svegliano di soprassalto quando cominciano a respirare il fumo che circonda le loro case; corrono alle finestre e vedono le fiamme serpeggiare nei vicoli sprigionandosi dai rifiuti accumulati lungo i muri, appiccarsi a travi e ballatoi, consumare le pareti di legno in un lento crepitio. Allora chi può si precipita in strada con quanto riesce a salvare delle sue masserizie, intere famiglie si radunano all'addiaccio, gli occhi ancora offuscati dal sonno, e distinguono a malapena quella spaventosa realtà da uno dei tanti incubi che assillano le loro notti. Così, con gesti trasognati, le madri stringono a sé i bambini pazzi di terrore o avvolgono intorno alle spalle dei loro vecchi le coperte che fuggendo di casa hanno avuto l'accortezza di portarsi appresso, mentre gli uomini più giovani si affannano intorno ai focolai nel vano tentativo di domare l'incendio, gridano confuse istruzioni agli infelici rimasti intrappolati che chiamano aiuto dalle finestre dei piani più alti, perlustrano le vie del ghetto maledicendo gli incendiari e sperando assurdamente di scovarne ancora qualcuno tra quelle mura in fiamme.

Come Yossel la sera prima, ora tutti hanno l'angosciosa sensazione di trovarsi al chiuso, in un enorme, labirintico edificio dove il fuoco dilaga inarrestabile da una stanza all'altra. La visuale è ancora più angusta del solito a causa della caligine che ha invaso i vicoli, e nessuno può rendersi conto di quanto accade a pochi passi da lui; ma ben presto, recata da frenetici messaggeri, passa di bocca in bocca la notizia che l'incendio si è ormai esteso all'intero ghetto. Solo la sinagoga ne è indenne, assicurano coloro che l'hanno vista: circondata di case in fiamme, particolarmente vulnerabile per la grande soffitta di legno che la sovrasta, pure rimane indenne, come se il fuoco avesse timore di toccarla.

D'altronde, si sa bene il perché: gli abitanti del ghetto lo sanno tutti, dal primo all'ultimo, e non si mostrano affatto meravigliati di un tale prodigio. Troppe volte hanno udito raccontare come già in epoca remota, quando un incendio non meno rovinoso di questo fu scatenato nella notte dall'odio cieco dei gentili, due colombe, fendendo con volo pacato l'aria satura di fumo, venissero a posarsi proprio nel timpano della sinagoga e lì restassero, incuranti delle lingue di fuoco che si levavano tutt'intorno, le piume sempre candide nonostante la densa caligine che le avvolgeva; poi, appena l'incendio si spense, volarono via, e la sinagoga sorgeva ancora intatta fra le case devastate.

Anche adesso c'è chi giura di aver visto le due colombe bianche annidate nel timpano, a riprova di quanto sia sacro quell'edificio costruito dalle mani stesse degli angeli e di quanto, a dispetto di ogni apparenza contraria, sia costante e indefettibile la protezione di Colui che raduna i miracoli ai piedi del suo trono.

Ma mentre la notte avanza e il fuoco continua a infuriare, un'altra voce si sparge per il ghetto, diffondendosi di strada in strada come portata dal fumo dell'incendio, accolta con torpida stupefazione dagli abitanti che si aggirano frastornati tra i resti dei loro averi. È una voce confusa, ribadita però da numerosi testimoni che passando davanti alla sinagoga hanno visto uscirne il rabbino seguito da un uomo dal corpo singolarmente grande, dall'incedere lento e pesante, la cui ombra si stagliava immensa al bagliore delle fiamme. Pareva di scorgere tre figure che varcassero la soglia l'una dietro l'altra: la prima di carne, fragile e vacillante nell'ampia veste sacerdotale, di pietra la seconda, come intagliata a colpi rudi dalla mano di un maldestro scalpellino, e la terza di purissima tenebra, che ripetendone con gesti deformati ogni movimento incombeva su di loro dal muro della sinagoga. Ma il rabbino, senza mostrarsi affatto impensierito per lo strano seguito che l'accompagnava, si era limitato a dire: il mio servo vi aiuterà, volgendosi a indicare con un ampio cenno del braccio la figura di pietra e quella di tenebra.

Rassicurati non lo furono, i testimoni, da quell'aiuto inatteso che veniva loro offerto; anzi, a tali parole credettero che la notte si facesse ancora più buia, più divoranti e corrusche le vampe dell'incendio. Eppure, affermano, il rabbino non aveva parlato invano: mentre infatti la gente assiepata nel vicolo si scostava rabbrividendo al loro passaggio e quanti si trovavano intrappolati ai piani alti continuavano a invocare soccorso, il vecchio bisbigliò qualche parola a colui che definiva il suo servo. Allora, sotto gli occhi sbalorditi della folla, la figura di pietra cominciò a crescere, protendendosi verso le stanze in fiamme da cui gli inquilini si affacciavano disperati, e crebbe, crebbe, sino a raggiungere le dimensioni della figura di tenebra, e questa cresceva a sua volta perdendosi a poco a poco nell'oscurità del cielo. Ma a quello spettacolo (chi potrebbe mai biasimarli?) i testimoni si sentirono mancare il cuore in petto, sopraffatti da un nuovo e più profondo terrore, e corsero via a perdifiato senza aspettare di veder compiuto il salvataggio.

E adesso, grazie a tali racconti, quel nuovo e più profondo terrore si propaga a poco a poco in tutto il ghetto: se un'ombra si stende improvvisa su di loro, donne e uomini fuggono urlando per paura di imbattersi nella figura di pietra, le madri trascinano via i bambini e alcuni, dimentichi delle fiamme, cercano persino scampo negli androni delle case incendiate. Ma la figura di pietra avanza; ormai sono in molti a vederla, o a credere di vederla, mentre vaga nella caligine dei vicoli che ne sfuma i contorni rendendoli quasi irriconoscibili. Sembra un uomo, eppure non lo sembra, i suoi passi fanno tremare il terreno, le sue braccia sono già così lunghe da raggiungere i più remoti abbaini, e i pochi coraggiosi che osano seguirlo hanno l'impressione che la sua statura aumenti di minuto in minuto.

Finché a un tratto si allontana, scavalcando di slancio le mura del ghetto e lasciando gli astanti a scambiarsi in silenzio sguardi disorientati. Ma prima che possano capacitarsi dell'accaduto, ecco l'ombra gigantesca avvolgere di nuovo le mura, e un attimo dopo un vero e proprio diluvio si abbatte sulle case, come se vi fosse rovesciata di colpo tutta l'acqua del fiume. Confusamente, osservano allora un rapido scemare delle fiamme, vedono le volute di fumo infiacchirsi e l'aria divenire a poco a poco più trasparente, mentre si allenta la morsa acre e dolorosa che serrava fino a qualche istante prima le loro gole.

Nessuno trova però la forza di rallegrarsi dello scampato pericolo, nessuno grida al miracolo: sono troppo stanchi, troppo atterriti, e se anche li si interrogasse a mente fredda direbbero che un miracolo, per essere davvero tale, deve presentarsi sotto sembianze ben diverse, ad esempio quelle di due colombe dalle ali candide, placidamente appollaiate nel timpano della sinagoga. Non così. Non in questa forma strana e terrificante che ne offusca l'intenzione benevola sino a renderla irriconoscibile.

Ma quanto più il fumo si dirada, tanto più rare si fanno anche le apparizioni della figura di pietra la cui ombra seguita a balenare davanti ai pochi edifici ancora in fiamme. E si restringe, rimpicciolisce man mano che la notte volge al termine e il chiarore dell'alba comincia a insinuarsi negli stretti varchi tra muro e muro. Rimpicciolisce a tal punto, che il pensiero degli abitanti può tornare ad altre e più domestiche preoccupazioni: passano in rassegna le masserizie, osservano le loro case scrutando attraverso i telai carbonizzati delle finestre, imbastiscono già con i vicini i primi commenti sui danni subiti, e neppure si accorgono di come la gigantesca figura, ora ridotta a proporzioni più modeste, scompaia a un cenno del rabbino oltre il buio portale della sinagoga.

XIV

È talmente incredibile, che oggi nessuno ci crede. Molti conservano sì tra le impressioni della notte scorsa quella di un'ombra smisurata che scivolava lungo le case in fiamme, e alcuni ricordano vagamente di essere stati afferrati da due braccia robuste e salde come pietra al cui contatto, nonostante il tremendo calore emanato dall'incendio, si erano sentiti agghiacciare il sangue nelle vene; ma ora, alla luce del sole, questi ricordi sfumano in un'indistinta memoria di fuoco e di orrore nella quale è sempre più difficile sceverare la realtà dai mille spettri paurosi partoriti dall'immaginazione.

Comunque sia, gli abitanti del ghetto non hanno il tempo di soffermarsi a riflettere: sono troppo occupati a osservare la devastazione che il nuovo giorno va svelando con evidenza impietosa, a piangere la rovina delle loro case, a frugare tra la cenere per disseppellire ciò che resta delle loro proprietà. L'incendio fortunatamente è stato spento prima di poter bruciare i muri, che appaiono integri sotto l'intonaco annerito, e ancora più fortunatamente non si contano vittime tra la popolazione, poiché tutti sono stati tratti in salvo, compresi coloro che le fiamme avevano assediato nelle soffitte o nei miseri alloggi situati agli ultimi piani. Dicono proprio così, "fortunatamente", attribuendo la cosa a una sorta di provvidenza impersonale o dedicando un fuggevole pensiero di gratitudine alla misericordia del Santo, sia sempre benedetto; chi però abbia spento l'incendio, chi abbia tratto in salvo la gente intrappolata negli edifici, evitano con cura di rammentarlo, almeno a voce alta.

Passano dunque in fretta davanti alla sinagoga, senza levare lo sguardo verso la grande soffitta di legno, e incontrando il rabbino si limitano a rivolgergli di lontano un saluto rispettoso per poi tornare a dedicarsi alle loro faccende. Bisogna riparare i danni, rendere di nuovo abitabili le case; bisogna riportare dentro le masserizie ammucchiate per strada e riprendere al più presto a condurre un'esistenza normale, finché i gentili non decideranno di scatenare un'altra volta sul ghetto la loro furia distruttrice.

Eppure qualcosa è trapelato, di quegli avvenimenti: un'oscura diceria che per tutto il giorno ha continuato a serpeggiare nei vicoli con accenni, allusioni, frasi iniziate e subito interrotte come nel timore di accostarsi a un argomento proibito, e con il trascorrere delle ore ha varcato le mura del ghetto diffondendosi nei quartieri vicini. Adesso anche i gentili la ripetono tra loro a mezza bocca, incerti fra lo scetticismo e quel credulo, ostile pregiudizio che li spinge a tenere per vera qualunque stregoneria venga imputata ai figli di Israele; e dalle rive del fiume, attraverso il ponte di pietra dalle arcate possenti, questa diceria risale a poco a poco le pendici della collina, sussurrata nei momenti d'ozio dalla pettegola servitù che affolla i palazzi nobiliari, e di qui, valicando sulle labbra di guardie e sentinelle le alte cerchie di mura che lo proteggono, prima di sera finisce col raggiungere lo stesso castello.

Nel frattempo l'imperatore, scortato dai suoi sapienti, si reca alla torre dove ieri aveva fatto trasportare quell'infelice il cui urlo non è mai cessato, ma seguita a risonare fortissimo attraverso parchi e bastioni sgomentando la selvaggina, costringendo le fiere a rigirarsi senza pace nelle gabbie, assordando i guardiani che vigilano davanti alla soglia. Chiunque si avvicini alla torre deve portare le mani agli orecchi, e così fanno anche l'imperatore e i suoi cortigiani mentre salgono per la sinuosa scala di pietra: ad ogni passo hanno l'impressione che quel grido li ricacci indietro con la violenza di un urto, tuttavia continuano a salire, le labbra strette, le fronti penosamente aggrottate.

Quando si affacciano nella stanza dove è custodito il soldato lo vedono disteso su un pagliericcio, o meglio, trattenuto su di esso a viva forza dalle braccia dei commilitoni. Sembra impossibile che da una sola gola possa levarsi un simile fragore, e per quanto l'uomo sia alto e prestante come tutte le guardie al servizio della maestà imperiale, in confronto al suo grido appare di una piccolezza incongrua, una causa assolutamente sproporzionata all'effetto.

L'imperatore è il primo ad avvicinarsi, mentre i cortigiani attendono sbigottiti sulla soglia. Lo vedono chinarsi con cautela sul pagliericcio, intorno al quale gli altri soldati si affaccendano tentando di richiamare sulla sua augusta presenza l'immobile, pietrificata attenzione del compagno. Ma questi continua a urlare guardando fisso davanti a sé, come se ancora si trovasse sul ponte, viso a viso con l'uomo dagli occhi grigi, e non dà alcun segno di accorgersi dell'imperatore, sul cui volto l'espressione premurosa e compassionevole cede rapidamente il campo a un accigliato dispetto.

L'imperatore sta parlando, o almeno così sembra ai cortigiani che però non riescono a udire le sue parole, sommerse come sono dal grido incessante della guardia. Allora, armatisi di coraggio, entrano a loro volta nella stanza ponendosi alle spalle del sovrano e sbirciando timidamente, oltre la sua persona, quel povero ossesso che con inconscia sfrontatezza seguita a dimenarsi sul pagliericcio senza badare a quanto avviene intorno a lui.

Livido di collera, l'imperatore stringe convulsamente nella destra l'azzurra mano inguantata. A gesti, conciliando alla meglio una deferente compostezza con la necessaria eloquenza della pantomima, le guardie cercano di fargli intendere come lo sventurato non abbia colpa se non è in grado di rispondere alle domande che la graziosa maestà si degna di porgli. L'imperatore annuisce, ma l'ira che lo domina non sembra placarsi. Bruscamente volge le spalle al pagliericcio e chiamando a sé con un cenno i cortigiani si dirige a grandi passi verso le scale.

Devono camminare a lungo, superare giardini e cortili prima che qualcuno di loro possa parlare con la speranza di essere udito. A provarci è ora l'alchimista, quello stesso che aveva riferito la curiosa storia del rabbino, degli angeli e della colonna di fuoco. Non sta certo a lui prevenire le decisioni della maestà imperiale, esordisce alzando la voce più di quanto gli sarebbe consentito in presenza del suo signore per sovrastare l'urlo lacerante che ancora li insegue dalla torre; specie dal momento che tali decisioni risultano sempre improntate a saggezza e lungimiranza. Ma non sarebbe tempo di bandire dalla città i maledetti giudei, ponendo fine alle loro opere diaboliche, come egli va modestamente suggerendo già da un bel pezzo? La sorte di quell'infelice che grida nella torre è solo l'ultimo di innumerevoli episodi, e se non soltanto i comuni cittadini, ma neppure le guardie imperiali possono più considerarsi al sicuro, significa che la misura è colma, la pace pubblica gravemente compromessa, e che occorre prendere subito drastici provvedimenti.

E l'incendio del ghetto? aggiunge vedendo che l'imperatore tarda a manifestare il suo consenso. Non è forse anch'esso imputabile ai giudei, che con le loro malefatte hanno scatenato la sacrosanta vendetta del popolo timorato? E finché va a fuoco soltanto il ghetto, pazienza, ma una volta o l'altra le fiamme potrebbero propagarsi ai quartieri vicini, mettendo a rischio l'incolumità degli innocenti e infliggendo un grave danno alle finanze dello stato. Questa notte, la sua augusta maestà si sarà degnata di accorgersene, l'odore di bruciato è salito fin quassù, portato dal vento, e dense nubi di fuliggine si sono insinuate entro il perimetro del castello.

Ma di nuovo l'imperatore non risponde, vuoi perché la denuncia del suo cortigiano gli è giunta all'orecchio solo confusamente, mescolandosi in maniera bizzarra con l'urlo dell'infelice, vuoi per un soprassalto inconsueto del suo senso di giustizia che, se non arriva a fargli perseguire gli autori dell'incendio, gli vieta almeno di punirne le vittime; o forse, ed è la spiegazione migliore, perché gli riuscirebbe insopportabile bandire quella stirpe i cui segreti sono oggetto della sua crescente curiosità, delle sue speranze più intime e inconfessate.

Per tutta la notte, mentre l'acre sentore delle fiamme che ardevano nel ghetto si faceva strada oltre le cortine, ha ripensato alle due figure incontrate sul ponte, il vecchio e l'uomo dagli occhi grigi, e al loro strano potere di impietrire i cavalli, arrestare le carrozze, precipitare in una follia senza scampo la guardia temeraria che osasse sfiorarli con la spada. E come ogni potere, anche questo suscita in lui un misto di terrore e attrazione, quasi vi ravvisasse una forza capace di rovesciare del tutto il suo trono oppure di rimetterlo in equilibrio, di renderlo saldo, eterno e immune dagli attacchi degli uomini.

Perciò, invece di rispondere alla pressante esortazione dell'alchimista, lo zittisce levando la mano inguantata e si limita a ordinare che l'ossesso, evidentemente non più in grado di fornire alcuna informazione utile, venga condotto lontano di lì, in uno di quei luoghi dove si rinchiudono i folli perché vivano separati dal resto della specie umana e non ne turbino la serenità con lo spettacolo della loro insania. Poi, seguito dai cortigiani, rientra nei suoi appartamenti dove lo attende appunto quella sconcertante notizia che, come il fumo e le nubi di fuliggine, salendo dai vicoli del ghetto è riuscita a penetrare fin nel castello e adesso gli viene riferita dai suoi informatori. Gli giunge stravolta, resa ancor più fantastica dai mille particolari di cui è stata arricchita lungo il cammino e che già le conferiscono il sapore di un'antica leggenda, di una favola tramandata di bocca in bocca attraverso le generazioni; eppure l'imperatore non dubita un solo istante della sua verità, e con quella prontezza d'intuito che in lui si associa stranamente al torpore di una superstiziosa malinconia stabilisce subito una connessione tra il grande uomo dagli occhi grigi incontrato sul ponte e la figura gigantesca apparsa nelle vie del ghetto durante l'incendio, non si capisce bene se per soccorrere gli abitanti o piuttosto per accrescerne il panico.

A lungo, con meticolosa insistenza, il sovrano interroga i suoi informatori, mentre i cortigiani lo osservano speranzosi confidando che quel nuovo prodigio lo induca infine a reagire e a sbarazzarli per decreto di ogni possibile rivale. Invece, congedati gli informatori, ordina che si tenga pronta la sua carrozza, che si mandino in avanscoperta messaggeri e soldati, e che tre dei suoi sapienti, quelli nei quali ripone maggior fiducia, si preparino ad accompagnarlo nel ghetto la sera stessa, al calar del sole.

XV

Non c'è pace per i figli d'Israele. Hanno appena finito di rimuovere la cenere dell'incendio e di sistemare alla meglio mense e giacigli, quando un nuovo spavento viene a troncare le abitudini quotidiane così faticosamente ristabilite. È una vera, subitanea invasione: non di fiamme questa volta, ma di uomini armati. In un folto drappello percorrono l'intrico dei vicoli facendo rimbombare il terreno sotto le suole, e mettono davvero paura con quelle armi, quelle corazze lucenti, quei volti che sembrano anch'essi di ferro tanto si mostrano refrattari ad ogni espressione umana; eppure a suscitare il maggiore sgomento è l'inerme e compito personaggio dal cappello piumato che cammina davanti a loro esibendo l'insegna dei messaggeri imperiali. Al suo apparire le strade si spopolano come se un colpo di vento soffiasse via all'improvviso sino all'ultimo passante, persino i gatti si scostano con timida deferenza sgusciando oltre le grate delle cantine, mentre alle finestre e lungo i ballatoi è tutto uno sporgersi di visi inquieti e curiosi che appena egli solleva lo sguardo si ritraggono confondendosi nell'ombra.

Così, nel deserto dei vicoli, tra quella folla circospetta che lo scruta dall'alto, il messaggero giunge dinanzi alla casa del maestro e batte perentoriamente all'uscio con il suo bastone. Allungando il collo gli spettatori assiepati alle finestre delle case vicine vedono i battenti socchiudersi per svelare sulla soglia la serva del rabbino, che nello scorgere il cappello piumato, l'insegna protesa, le grevi corazze delle guardie schierate a pochi passi di distanza, dapprima arretra con un balzo, poi si affaccia di nuovo e abbozza un inchino maldestro, infine torna dentro di corsa lasciando il messaggero ad attendere davanti all'uscio.

Pochi istanti ed ecco comparire il rabbino, che dopo essersi debitamente inchinato spalanca del tutto la porta e con un cenno invita il visitatore ad accomodarsi in casa. Nessuno di quanti si trovano alle finestre può udire la risposta del messaggero, ma dall'improvviso irrigidirsi della sua persona, dal gesto altero con cui si stringe nel mantello gettandosene un lembo sulla spalla, non vi è chi non indovini come debba trattarsi di un rifiuto sprezzante. Piuttosto che condividere sia pure per pochi minuti lo squallore di quel tugurio, preferisce trasmettere il suo messaggio stando fuori, e lo fa rapidamente, ascoltato dal vecchio con aria di rispettosa perplessità. Sono invece alcuni soldati a entrare, dopo aver spinto da parte il rabbino che ancora si attardava sulla soglia; altri perlustrano i vicoli e i cortili attigui intimando agli smarriti abitanti di far sparire immediatamente i panni stesi, di tenere sottochiave cani e bambini e di star lontani dalle finestre: tra poco giungerà un ospite che non ama essere sfiorato da sguardi indiscreti, un ospite illustre, cui non occorre certo l'invito se vuole degnare una casa della sua presenza.

E in effetti le donne hanno giusto il tempo di ritirare panni e bambini, i soldati di condurre a termine la loro frettolosa esplorazione e di tornare per strada assicurando che tutto è in ordine, quando dalla porta del ghetto si ode uno sferragliare di ruote, un sordo calpestio di zoccoli, e alle finestre, nei cortili, lungo le scure ringhiere dei ballatoi, a un tratto non si scorge più anima viva, mentre le guardie si allineano sui due lati del vicolo in atteggiamento marziale e il messaggero attende solo e impettito davanti alla porta chiusa.

Poiché le vie del ghetto sono così anguste da non consentire il passaggio della carrozza, appena varcate le mura l'imperatore è costretto a scendere e a proseguire a piedi, preceduto da due paggi che per evitargli ogni contatto con il fango gli srotolano davanti una lunga guida di velluto rosso, e scortato, oltre che da un certo numero di guardie, dai tre sapienti cortigiani cui ha concesso l'onore di accompagnarlo in quella visita. Tra essi non manca il solito alchimista il quale, con la scusa di proteggerlo, si tiene più accosto che può alla persona del sovrano sussurrandogli all'orecchio commenti malevoli; gli altri due li seguono da presso e non tralasciano occasione per tentare di sostituirsi all'alchimista nella gelosa custodia del loro signore.

Percorrono così i vicoli deserti, insolitamente ordinati dopo il sopralluogo delle guardie, dove porte e finestre sono sbarrate conferendo alle case un'aria di totale abbandono e nemmeno un carretto lasciato davanti all'uscio ingombra il suolo privo di lastrico sul quale continua a srotolarsi la rossa guida di velluto. Dappertutto, muri anneriti e infissi corrosi testimoniano la recente devastazione, e l'imperatore, subito imitato dai tre cortigiani, deve portare il fazzoletto al naso per proteggersi dall'odore di bruciato che ancora ristagna tra gli edifici.

Infine giungono davanti alla sinagoga, fra le due ali di guardie che presentano le armi in segno di saluto, e il messaggero, affrettandosi incontro ai nuovi venuti e piegando contemporaneamente il busto in una profonda riverenza, indica loro lì accanto la dimora del rabbino. È un'umile catapecchia, sottile quanto una fetta di formaggio, che si appoggia di sbieco al fianco della sinagoga come uno storpio alla sua stampella, e i cortigiani non possono reprimere una smorfia di schizzinoso ribrezzo all'idea di mettervi piede. Ma prima che abbiano modo di esternare le loro rimostranze, l'imperatore si è già avviato verso la porta di quella stamberga con passo così deciso da soffocare sul nascere qualsiasi obiezione, e ai cortigiani non resta che seguirlo, il fazzoletto ostentatamente premuto sulle narici.

Nessuno apre i battenti dall'interno, nessuno si presenta sulla soglia per ricevere l'imperatore. Sconcertato, il messaggero si fa avanti e bussa alla porta con il suo bastone: uno, due, tre colpi secchi, che echeggiano nitidi nel silenzio del vicolo. Ma di nuovo nessuno si presenta, i battenti rimangono chiusi con grande imbarazzo sia del messaggero sia dello stesso imperatore, abituato ad accoglienze di ben altro genere. Solo i cortigiani dissimulano a stento la soddisfazione: non l'avevano detto, forse? Non avevano sconsigliato vivamente a sua maestà di imbarcarsi in una simile avventura?

Il sovrano però li zittisce, quindi va di persona alla porta e solleva la mano inguantata per provare a spingere i battenti; e a quel tocco i battenti si aprono davvero, girando sui cardini senza produrre il più lieve cigolio, tanto che l'imperatore, rinfrancato da quell'inattesa docilità, non esita a varcare la soglia, mentre i cortigiani lo raggiungono trafelati.

Ora che sono dentro, si guardano attorno in cerca del padrone di casa: non dev'essere difficile trovarlo in un'abitazione così piccola. Eppure, quando i loro occhi cominciano ad abituarsi alla penombra, si rendono conto che non è affatto piccola come pensavano, l'anticamera in cui sono penetrati è anzi un atrio spazioso, dall'alto soffitto adorno di stucchi, e attraverso i vani delle porte si scorgono in ogni direzione lunghe fughe di sale.

Pallidi in volto, si scambiano un'occhiata. Ciascuno vorrebbe domandare agli altri come possa un edificio che da fuori appare così sottile dilatarsi all'interno in una tale vastità; ma tutta la dottrina dei tre sapienti non basterebbe a escogitare una risposta, tutta la potenza dell'imperatore non è in grado di costringere le sale deserte a svelargli il proprio segreto, perciò non resta loro che proseguire inoltrandosi nel fasto silenzioso di quel labirinto.

È addirittura un palazzo, la casa del rabbino: increduli, i visitatori si trovano a percorrere logge e gallerie, corridoi contorti che si avvolgono su se stessi come le spire di una serpe, teorie di stanze sontuose moltiplicate all'infinito dall'algido incantesimo degli specchi, e quanto più si addentrano, tanto meno possono negare di riconoscere gli ambienti che stanno attraversando. Alla luce incerta dei candelieri che sporgono dalle pareti come teste di draghi osservano ad uno ad uno i mobili intarsiati, i quadri a olio racchiusi in spesse cornici, le statue dal fisso sguardo di marmo così simile a quello dei ciechi, e ogni cosa corrisponde con esattezza assoluta, ognuna presenta ai loro occhi una sinistra, inspiegabile familiarità.

Non manca nulla: gli studi degli astronomi tappezzati di mappe celesti, i laboratori degli alchimisti scintillanti di storte e di alambicchi, la camera delle meraviglie con la sirena imbalsamata e il leone a sei zampe, tutto contenuto in quella fetta di formaggio che vista dall'esterno non sembrava neppure in grado di reggersi da sola, tutto così perfettamente identico, che persino l'aria è l'aria del castello come si respira a primavera quando aiuole e roseti la impregnano dei loro profumi, e solo per pura ostinazione i cortigiani continuano a tenere il fazzoletto al naso.

Com'è possibile? domanda infine l'imperatore, forse rivolgendosi a se stesso più che ai suoi allibiti scienziati. Tuttavia a tali parole questi si affrettano a scostare i fazzoletti mostrando al sovrano volti lividi di spavento e d'invidia. Sire, confessano, come sia possibile noi non sappiamo dirlo, ma certo è opera di magia, di nera, perniciosa magia, contro la quale avevamo già messo in guardia ripetutamente la vostra augusta maestà.

Nera, perniciosa magia, ripete annuendo l'imperatore. Una magia potente, che offusca le vostre zoppicanti dottrine. Eppure camminiamo da un pezzo e ancora non si scorge traccia del mago.

Ora è l'alchimista a rispondere, dopo aver confabulato brevemente con i colleghi: quello, sire, si sarà annidato come un ragno al centro della ragnatela, e il centro non può essere altro che la sala delle udienze dove la vostra maestà suole ricevere ministri e ambasciatori. Anzi, se la gravità del momento me lo consentisse oserei proporre una scommessa alla vostra maestà: scommetterei che il perfido negromante non ha saputo resistere alla tentazione e che entrando in quella sala lo troveremo addirittura assiso in trono, a usurpare e profanare la suprema dignità dell'impero.

Se è così, sarà punito, replica il sovrano, e sul suo volto si diffonde a un tratto un irato rossore. Ma quando, seguito dai cortigiani che già pregustano vendetta, si affaccia alla soglia della sala, vede il trono ergersi vuoto sotto il baldacchino di porpora, e ai piedi del trono vede finalmente il rabbino inginocchiato con umiltà come il più devoto dei sudditi. Appena li sente arrivare volge il capo, e senza abbandonare la sua posa indirizza loro uno sguardo nel quale tutti e quattro credono di leggere una mite, sommessa ironia. Poi, a un cenno dell'imperatore, si alza e viene lentamente verso di lui.

A lungo si scrutano in silenzio, l'uomo dal caffetano e l'uomo dal manto stellato, come se ciascuno si sforzasse di saggiare la forza dell'altro; ma è l'imperatore a distogliere per primo gli occhi da quelli del vecchio, da quegli occhi stanchi, sepolti in occhiaie profonde, eppure pervasi di un'inscalfibile pazienza.

Quasi a chiamarli in aiuto si volta verso i compagni, che però non se ne accorgono: sono intenti anch'essi a studiare la figura del rabbino, così inaspettatamente fragile nell'ampio caffetano, così inadeguata, sembra, al potere soverchiante della sua magia, e attendono che sia lui a parlare per primo offrendo qualche appiglio alla malignità.

Benvenuti, dice infine il vecchio. La presenza della maestà imperiale, la visita di scienziati tanto illustri, trasformano in un palazzo questa mia modesta dimora. Poi, facendosi da parte, addita all'imperatore l'alto trono intarsiato di gemme con la stessa naturalezza con cui avrebbe potuto offrirgli una sedia, e l'imperatore vi si accomoda, mentre i suoi cortigiani vanno a occupare le scranne riservate ai ministri. Solo allora siede anche il rabbino, su un piccolo sgabello impagliato che costituisce l'unica discrepanza tra quel luogo e la sala del castello.

Intanto l'imperatore ha avuto il tempo di riflettere, e ha deciso di stare al gioco. Osservo con piacere, dice, la prodigiosa metamorfosi operata dalla mia visita, ma una parte di merito devo pur attribuirla alla tua ospitalità che ha saputo predisporre ogni cosa in maniera egregia. Qualcuno però deve averti aiutato, poiché un povero vecchio, da solo, non ne sarebbe mai venuto a capo. Presentami dunque coloro che abitano con te, voglio esprimere a tutti la mia soddisfazione.

Ma il rabbino, senza turbarsi, risponde che non lo ha aiutato nessuno e che la maestà imperiale, mentre da un lato è fin troppo generosa nell'elogiare quella misera accoglienza, dall'altro si mostra leggermente avara nel riconoscere a un vecchio le sue capacità. Anche un umile israelita come lui, gli sia consentito dirlo senza ombra di vanteria, è in grado di ricevere degnamente il proprio sovrano, e per farlo non ha bisogno di ricorrere all'aiuto di alcuno. Quanto agli altri abitanti della casa, se la maestà imperiale insiste naturalmente le saranno presentati, benché non meritino un tale onore. Come? Un gigante? Sua maestà si compiace di scherzare: a parte i discepoli che la frequentano durante il giorno, in quella casa oltre a lui abita soltanto una servetta tutt'altro che gigantesca cui sono affidate le incombenze domestiche. Le sbriga meglio che può, debole com'è di costituzione, e il rabbino gliene è grato dal profondo del cuore, ma di definirla un gigante non è davvero il caso, per quanto poco ci si curi della proprietà di linguaggio.

Dice tutto questo sostenendo con un misto di remissività e fermezza lo sguardo corrucciato dell'imperatore, e questi si domanda se riuscirà mai ad aver ragione di una così garbata resistenza. Tenta allora di intimorirlo con qualche allusione ai castighi cui va incontro chi osi tener nascosto qualcosa alla suprema autorità dello stato: allusioni formulate in termini vaghi, ma fin troppo chiare all'orecchio di qualunque suddito. Il rabbino però, come si affretta a protestare, non vuole nascondere nulla, semplicemente non arriva a capire chi sia questo gigante di cui si parla, tanto scaltro, è da supporsi, da poter vivere con lui a sua insaputa e da passare inosservato persino tra quelle quattro mura. A meno che, aggiunge alle nuove insistenze del sovrano, la maestà imperiale non voglia riferirsi al mio servo Yossel, che pur non essendo affatto un gigante senza dubbio è grande e grosso, e stupido in proporzione. Lo tengo con me da qualche tempo per puro spirito di carità, ma non alloggia proprio in casa, perciò avevo dimenticato di menzionarlo. Non credo comunque che la vostra maestà, al solo scopo di fargli visita, sarebbe disposta ad affrontare la polvere e le ragnatele della soffitta.

Ma l'imperatore si dichiara dispostissimo ad affrontare polvere e ragnatele, nonché curioso di conoscere quel servo grande e grosso accolto per spirito di carità nella soffitta della sinagoga, e così il rabbino è costretto a condurvelo facendo strada a lui e ai tre scienziati sugli stretti, malfermi scalini di legno che oggi si inerpicano incongruamente da un lato della corte d'onore.

Quando sfiora con lo sguardo la figura addormentata l'imperatore riconosce senza esitazioni colui che aveva veduto sul ponte spiando tra le cortine della carrozza. Si avvicina, lo osserva meglio, si stupisce nel notare la bizzarra incompiutezza della sua persona e i lineamenti grevi e confusi, simili a quelli dei mostri di pietra che ornano i doccioni delle sue cattedrali. Se non è un vero e proprio gigante, se non si può credere che allungando le braccia sia in grado di raggiungere addirittura gli abbaini delle case, dal suo corpo immobile, appena scosso dal lento respiro dei dormienti, emana però una forza così intensa che l'imperatore, quando si china per toccarlo, è costretto quasi immediatamente a ritrarre la mano: attraverso il guanto azzurro ha avvertito una sensazione che gli è parsa dapprima di gelo, poi di ardore divorante, una sensazione atroce eppure stranamente voluttuosa, come se quel contatto avesse schiuso di colpo dinanzi a lui tutto il vertiginoso abisso delle possibilità.

E quest'uomo, dice volgendosi verso il vecchio, è il servo di un rabbino. Chi altri potrebbe mai servire?

replica questi mostrando la più viva meraviglia, spalleggiato per una volta dai cortigiani che squadrano la figura distesa con un sorriso di commiserazione.

Ma l'imperatore non risponde. Quel vecchio è troppo potente perché sia consigliabile sfidarlo a viso aperto, e in casa sua, per giunta: una casa dalla quale persino a un imperatore potrebbe risultare difficile uscire, nonostante le guardie schierate fuori della porta. Meglio giocare d'astuzia, meglio attendere la prima occasione favorevole senza tradire nel frattempo i propri disegni. Già, chi altri? dice dunque dopo un istante dedicando al rabbino il più affabile dei sorrisi. E come se avesse visto abbastanza si dirige verso la scala che discende in fretta, senza voltarsi indietro, mentre il suo ospite accorre premuroso con il lume e i tre cortigiani li seguono commentando in tono di sufficienza il deludente segreto di quella soffitta.

L'imperatore invece non dice più nulla; cammina muto, assorto nei propri pensieri, e solo quando è già sulla soglia si volta di nuovo verso il padrone di casa. Restituiscimi la visita, gli dice: non subito, magari, ma tra qualche tempo, al cadere della prima neve. E bada di condurre con te anche il tuo servo, quell'uomo di nome Yossel che dorme in soffitta fra le ragnatele.

XVI

Attraverso le confuse, sgomente osservazioni compiute durante l'incendio dagli abitanti del ghetto, attraverso gli sguardi malevoli dei cortigiani e quello irretito dell'imperatore, abbiamo seguito i movimenti della creatura di pietra mentre si aggirava fra le case in fiamme trascinandosi appresso un'ombra smisurata e poi l'abbiamo vista riposare in soffitta, ignara del duello silenzioso che andava svolgendosi intorno a lei. Da un pezzo però non siamo più penetrati nella mente di Yossel, né sappiamo quali impressioni, quali stati d'animo, quali pensieri gli abbiano suscitato le ultime vicende.

Ci si può domandare ad esempio cosa abbia provato sul ponte sentendosi colpire all'improvviso dalla spada della guardia, proprio lui che nessuno, nemmeno il suo padrone, aveva mai osato toccare dal giorno in cui era venuto al mondo. Non rabbia, forse, non paura: piuttosto un profondo stupore, lo stesso che gli dilatava gli occhi mentre ascoltava quell'alto, interminabile grido, e di nuovo più tardi, dinanzi al divampare delle fiamme che a vedersi gli sembravano così allegre, così festose, eppure emanavano un tale calore da rendere impossibile sfiorarle persino con la punta di un dito.

A tutto ciò continua a ripensare per settimane nella

solitudine della soffitta. Pensa alla strana sensazione sperimentata quella notte, come se i muscoli si tendessero, come se il suo corpo andasse crescendo a poco a poco, e all'ebbrezza che si era impadronita di lui quando aveva potuto levare lo sguardo oltre i tetti e scorgere nel cielo nerissimo il volto lucente della luna. E quelle piccole, urlanti creature che aveva salvato dalle stanze in fiamme: ancora gli sembra di avvertirne il tremito contro il suo petto, di sentirle contorcersi fra le sue braccia a rischio di precipitare. Tutte superbe, evidentemente, proprio come l'angelo Miriam o i topi che, quando egli riesce a catturarne uno nel palmo della mano, fremono di sdegno dal naso fino alla coda e non vogliono saperne di calmarsi nonostante le carezze, finché si irrigidiscono di colpo e lui, rassegnato, li lascia cadere sul pavimento dove rimangono immobili, indifferenti a ogni cosa, senza più correre a rifugiarsi nei loro nascondigli.

E poi l'altra, opposta sensazione, mentre le fiamme si facevano sempre più brevi e sottili. Allora gli era parso che anche i suoi muscoli si contraessero, e i tetti tornavano d'improvviso a precludergli la vista del cielo; poi anziché il cielo aveva visto i telai delle finestre, poi gli archi e le porte affacciati sui vicoli brulicanti, e tutto era tinto di nero, gli stipiti, i marciapiedi, gli oggetti ammucchiati in mezzo alla strada, persino la veste del padrone che ora lo riconduceva a casa camminando davanti a lui.

Quando ripensa a quegli avvenimenti, a Yossel sembra di non essere più così nuovo al mondo, o così cieco, secondo le dure parole pronunciate un tempo dal maestro. Gli sembra anzi di aver accumulato una vasta esperienza, tale da fare di lui, nel volgere di pochi giorni, qualcosa di molto simile a un uomo. Perciò ricorda con piacere le scene dell'incendio, senza ravvisarvi nulla di minaccioso, alla stessa stregua in cui rammenta la passeggiata al tramonto sulla riva del fiume e il lento inabissarsi del sole dietro il castello dove abita la maestà imperiale.

Ma a dispetto di questa felice inconsapevolezza, a dispetto della rassicurante normalità con cui hanno ripreso a scorrere le sue giornate, da allora Yossel è preda di un'inquietudine della quale non riesce ad afferrare il motivo. Non ne è colto mai da sveglio, solo quando dorme. Chiude gli occhi, e dapprima non vede nulla, e in quel buio sente il proprio respiro placarsi sempre più, e si abbandona beato alla vertigine del sonno. Poi però, di colpo, le sue palpebre si fanno trasparenti, e per quanto le tenga ben serrate, attraverso il loro fragile schermo non può evitare di scorgere con chiarezza una figura d'uomo: è avvolto in un lungo panno azzurro punteggiato di giallo, un cerchio splendente gli solca la fronte pallidissima, e il suo sguardo nero e penetrante si fissa su di lui con singolare intensità.

È questa figura a turbargli il sonno, lui stesso non saprebbe spiegare perché. Ogni volta, dopo averla vista, si sveglia di soprassalto e senza volerlo spalanca la bocca come per gridare, ma dalla sua gola esce soltanto un rauco mormorio che si spegne inascoltato nel silenzio della soffitta.

XVII

Sedete qui intorno a me, miei buoni discepoli, e anche voi, Miriam e Yossel, accostatevi senza timore alla tavola apparecchiata, affinché tutti insieme si possa celebrare la vigilia della festa in attesa di quell'ultimo sabato, quando ogni creatura avrà riposo e quiete, quando tutte le anime saranno una sola e gioiranno eternamente, riunite alla propria radice.

Quel giorno, lo vedo, è ancora lontanissimo: basta osservare come vi stringete nei caffetani per schivare qualsiasi contatto non solo con il mio servo, in effetti un po' troppo ingombrante sebbene si appiattisca più che può contro la parete, ma anche con questa ragazza poveramente vestita che porta ancora addosso la polvere del focolare. Così avviene appunto nel tempo dell'esilio, quando le anime vivono nella separazione rifiutando di specchiarsi l'una nell'altra, e ciascuna è assillata dall'amor proprio come il bue è assillato dal pungolo. Eppure non rifuggireste dal dividere con lei il vostro cibo se rammentaste che persino un gesto tanto trascurabile può contribuire ad abbreviare l'esilio, fosse pure di un attimo.

Non lo credete? Per convincervene voglio narrarvi una storia. È la storia di un re grande e terribile, potente tra i potenti, il quale viveva rinchiuso nel suo immenso palazzo e non ne usciva mai, e non consentiva a nessuno di accedervi, e circondava la sua persona di un tale mistero che nemmeno il più devoto tra i sudditi aveva mai potuto contemplarlo in volto. Dieci cerchie di mura, l'una più alta e impenetrabile dell'altra, proteggevano dalla curiosità degli estranei le stanze dove egli viveva, e ogni cerchia era presidiata da custodi la cui vista scoraggiava chiunque dall'avvicinarsi. Come dite? Sì, forse quel palazzo presentava una remota somiglianza con il castello, ma guardatevi dal paragonarne il padrone al nostro imperatore: non soltanto perché le voci corrono e del sovrano è sempre meglio non fare il nome, ma perché quel re era molto più grande e potente, tre volte santo nel segreto delle sue dimore. Se mi avete inteso, me ne compiaccio; altrimenti abbiate la cortesia di restare in silenzio e lasciate che io prosegua il racconto.

Questo re dunque si sottraeva agli sguardi dei sudditi, le loro suppliche quotidiane non potevano indurlo a mostrarsi. Nondimeno, egli non era insensibile alle preghiere, e se non acconsentiva ad ammettere visitatori nel palazzo né a mescolarsi con il popolo uscendo per le vie, in compenso mandava ogni giorno in città la sua figlia prediletta, una principessa così splendida che non se ne trovava l'eguale in tutti gli infiniti mondi della creazione, così cara al padre che i loro cuori battevano insieme, e ad ogni respiro dell'una anche il petto dell'altro si sollevava, e comuni erano le loro gioie, i loro dolori, i più riposti pensieri delle loro menti.

Questa principessa bellissima, incomparabile, adorna di ogni splendore, tutte le mattine varcava dunque le dieci cerchie di mura che cingevano il palazzo, salutata con deferenza dai dieci custodi posti a vigilare le porte, e scendeva fra i sudditi per trattenersi con loro sino al calar del sole. Ne ascoltava le richieste, ne indagava le più minute faccende, o prestava semplicemente ascolto alle parole di gratitudine che essi le rivolgevano, promettendo di riferire ogni cosa al padre appena fosse tornata a palazzo. E tornava, in effetti, al calar del sole, e riferiva ogni cosa al padre seduta ai piedi del suo trono glorioso. Il re, quel re potente e terribile, si chinava allora su di lei e le passava le dita fra i capelli, che erano lunghi e lucenti e a tali carezze si inanellavano tutti accendendosi di riflessi; poi, dopo aver ascoltato con attenzione ciascuna delle preghiere che la figlia gli trasmetteva, rispondeva "no", oppure "sì", ma più spesso sì che no, voglio credere, poiché era un sovrano benigno e incline alla misericordia.

Così trascorrevano le giornate in felice equilibrio, con la principessa che si divideva tra il palazzo e la città portando quotidianamente ai suoi sudditi una viva immagine di quella magnificenza, finché accadde qualcosa, qualcosa di cui non oso quasi parlarvi a voce alta tanto mi atterrisce e mi colma l'animo di sbigottita afflizione. Forse le colpe dei sudditi avevano superato ogni limite, arrivando a contaminare in qualche modo la stessa persona della principessa; o forse era sopravvenuto un cambiamento, uno sconvolgimento profondo e inesplicabile nelle stanze più segrete del palazzo, e la clemenza si era mutata a un tratto in rigore, come quando da noi un ministro cade in disgrazia e un altro prende il suo posto, e dall'oggi al domani nuove leggi sostituiscono quelle antiche: fatto sta che una sera la principessa, di ritorno a palazzo dopo la solita visita in città, giunta dinanzi alla prima cerchia di mura trovò la porta sbarrata. Provò a spingere, ma la porta non si apriva. Provò a bussare, ma nessuno le rispondeva. Allora gridò con tutto il fiato che aveva in corpo, e continuò a gridare, a chiamare, finché non vide affacciarsi allo spioncino il guardiano della porta. E senza aprire, attraverso lo spioncino, il guardiano della porta informò con asciutte parole la principessa che per lei era stato decretato l'esilio: avrebbe dovuto rimanersene dov'era, fuori del palazzo, e condividere la dura esistenza del popolo, poiché il padre l'aveva bandita per sempre dal suo cospetto.

In lacrime, mentre il guardiano richiudeva bruscamente lo spioncino, la principessa si allontanò discendendo a passi vacillanti verso la città, e il suo volto si era fatto pallido come il volto della luna quando un velo di nubi ne offusca la lucentezza. Per qualche tempo seguitò ad aggirarsi intorno alle mura nella speranza che quel decreto atroce fosse revocato; poi, con il trascorrere dei giorni, non sperò più, e volgendo le spalle al palazzo imboccò l'aspro sentiero dell'esilio.

Da allora, sappiatelo, quella principessa non ha mai cessato di vagare per il mondo, le vesti lacere, i piedi sanguinanti, il viso leggiadro coperto di un velo di polvere e stanchezza, e chi mai, tra coloro che ne incrociano i passi, potrebbe riconoscere in lei la figlia prediletta di un re? Non voi, che senza dubbio rifiutereste di accoglierla alla vostra tavola. Eppure sotto quegli stracci, sotto quel velo di polvere, ancora traluce la perduta magnificenza, e ancora oggi, ogni volta che la principessa respira, nel suo lontano palazzo il re solleva il petto, e i loro cuori continuano a battere insieme come quando vivevano l'uno accanto all'altra.

Sii buona, Miriam, smetti di soffiarti il naso nel grembiule. Asciugati gli occhi, piuttosto, e anche voi smettete di fissare i vostri piatti con quell'aria sconsolata, poiché non vi ho raccontato questa storia per guastare la letizia del sabato. Certo, il tempo dell'esilio è lungo e tormentoso, così lungo e tormentoso che a volte ci sembra destinato a non avere mai fine, come se tutte le cose dovessero condividere per sempre il castigo della principessa, separate eternamente dalla loro radice. Eppure, lo so con assoluta sicurezza, un giorno il re lascerà le sue stanze e scenderà lui stesso nel mondo per cercare la figlia ripudiata, e quando l'avrà trovata le tenderà le braccia in segno di perdono e la ricondurrà a casa con sé, nel palazzo dove tutto è gioia e splendore.

Quel giorno verrà: ne sono persuaso in ogni fibra del mio essere. E quando la principessa tornerà, noi tutti torneremo con lei, una grande festa verrà celebrata nel palazzo e sarà bello, credetemi, veder dissolversi alla luce dei candelabri le nubi che le oscuravano il volto, vederla sedere di nuovo ai piedi del trono, vedere i suoi capelli accendersi di riflessi appena il padre vi passerà le dita per accarezzarli.

Con questa certezza, celebriamo lietamente il sabato, non sdegnando di spartire il nostro cibo festivo con gli sventurati che percorrono fra le angustie i polverosi sentieri del mondo, come un giorno quel re non sdegnerà di dividere con noi il suo banchetto di vita e riconciliazione.

XVIII

Rannicchiato contro il muro, ai margini di quella mensa festiva cui è stato ammesso per la prima volta, Yossel ha ascoltato con attenzione il racconto del maestro. Come dubitare che si riferisse a Miriam se addirittura, nell'udirlo, lei non è riuscita a trattenere le lacrime e ha dovuto soffiarsi ripetutamente il naso nel grembiule tra gli sguardi indignati dei discepoli?

Non un angelo quindi, ma una principessa, qualunque sia il significato di questa parola. Una principessa in esilio che cela sotto stracci polverosi la sua magnificenza, e quella magnificenza a Yossel sembra di averla indovinata fin dal primo istante, pur non potendo scorgerne quasi nulla attraverso il grigio involucro che la ricopre.

Una principessa, non un angelo; ma altrettanto vicina, forse più vicina ancora al trono glorioso circondato da colonne di fuoco, dal quale il re grande e terribile, tre volte santo nel segreto delle sue dimore, un tempo allungava la mano per accarezzarle i capelli. Yossel prova una grande afflizione al pensiero che ora le tocchi vivere nella greve e buia atmosfera della cucina, dove a stento penetra verso mezzogiorno un incerto raggio di sole, e adattarsi alla sua compagnia, oltre che a quella del gatto e dei timidi scarafaggi perennemente in fuga davanti alla scopa.

Comunque sia fatto un palazzo, sicuramente è molto diverso da così: e Yossel, almanaccandovi sopra nella sua soffitta, immagina un alto edificio soffuso di luce purpurea, simile al castello della maestà imperiale le cui torri aveva visto risplendere al tramonto sulla collina. Quello splendore, tutta la dolcezza di quel cielo dinanzi al quale si era sentito sommuovere il petto in un anelito doloroso, gli appaiono ormai concentrati nella persona di Miriam, che può effonderli o tenerli per sé a proprio capriccio, serbarli come il più geloso dei possessi oppure, in uno slancio di liberalità, renderne felicemente partecipe chi le sta vicino, come era solita fare scendendo ogni giorno tra i sudditi quando ancora viveva nel palazzo presso suo padre.

Se il maestro avesse potuto prevedere tutto ciò, forse non avrebbe mai condotto la propria creatura a passeggiare sulla riva del fiume, e non avrebbe narrato l'allusiva vicenda della principessa per istruire i discepoli anche durante il sabato; ma adesso il rabbino riposa placido, mentre fra le ragnatele della soffitta Yossel va componendo con alacrità febbrile una nuova immagine a sostituire quella tanto a lungo vagheggiata dell'angelo Miriam e si imbeve di nostalgia per la recondita magnificenza che la principessa in esilio nasconde sotto i suoi stracci.

Così il mattino dopo, entrando in cucina, guarda con occhi diversi l'esile figura intenta a risciacquare in un mastello le stoviglie usate per la colazione del maestro. La vede alzare le braccia nude fino al gomito e strofinarsi vigorosamente con un panno la pelle lucida e chiara, imperlata di minuscole stille d'acqua; poi la principessa, con un cenno davvero regale, gli ordina di sedere a tavola e gli pone dinanzi una ciotola colma di latte che Yossel beve avidamente, domandandosi se non sia per caso un primo assaggio di quel banchetto di vita e riconciliazione destinato a celebrarsi nelle sale sontuose del palazzo.

Intanto però non perde di vista la principessa, che versa altro latte in una ciotola sbreccata e quando ha finito di versarlo apre la porta per deporre la ciotola sulla soglia come fa ogni mattina, in modo che non solo il gatto di casa, ma anche quelli randagi che si aggirano in cortile perlustrando i mucchi di rifiuti possano iniziare la giornata con un buon pasto sostanzioso. Quando si china a posare la ciotola la gonna si solleva leggermente scoprendo per un attimo le caviglie, che sono bianche e sottili, più sottili di quanto ci si attenderebbe dato il lungo vagabondare sui sentieri dell'esilio. Come le braccia, come il volto di Miriam, sono di un pallore venato d'azzurro che ricorda davvero la luna quale gli era apparsa quella notte oltre i tetti in fiamme, alta e remota, perduta nella buia immensità del cielo.

Rimane a lungo sulla soglia, la principessa, tentando di vincere la diffidenza dei suoi beneficati con parole dolci e piccoli schiocchi delle labbra, sfidando l'aria già invernale che la investe a fredde raffiche attraverso la porta. Ma le caviglie non si vedono più, sono sparite di nuovo sotto la gonna, e mentre cerca invano di scorgerle Yossel sente negli occhi una strana umidità, nell'animo una rabbiosa afflizione che non aveva mai conosciuto prima di quel momento. Si alza da tavola e si avvicina senza che la principessa lo degni della minima attenzione, impegnata com'è a chiamare i gatti randagi. Ora è a un passo da lei, dietro le spalle: così vicino, che può distinguere chiaramente sotto il corpetto la lieve prominenza delle scapole, seguire con lo sguardo la curva della schiena fino al punto in cui si perde tra le pieghe, respirare quell'odore di cose buone che Miriam si porta sempre addosso quando è affaccendata in cucina. Tutto è così voluttuoso, così seducente, da suggerirgli d'improvviso un gesto rapido e audace, che contrasta con la sua abituale goffaggine: obbedendo a un impulso incoercibile del quale egli stesso ignora l'origine e la natura, Yossel allunga la mano con destrezza e fa per sollevare un lembo della gonna, ansioso di scoprire cosa si nasconda sotto quella stoffa che scende rigida sino al pavimento.

Prima che possa riuscirci, però, la principessa si è già scostata bruscamente urtando con un piede la ciotola del latte, e volge verso di lui due occhi più grandi del solito, due guance tanto rosse da risultare irriconoscibili, una bocca socchiusa e fremente dalla quale, con vivo sgomento di Yossel, si levano senza posa strilli acutissimi.

Dallo studio non tarda ad affacciarsi il maestro attorniato dai suoi discepoli che ad ogni buon conto, sebbene ancora all'oscuro dell'accaduto, squadrano con riprovazione il servo che indugia perplesso sulla soglia. Miriam corre verso di loro, ma non dice nulla, e distoglie gli occhi incontrando il mite sguardo indagatore del padrone. Infine mormora qualcosa a proposito di un topo che l'avrebbe spaventata (proprio lei, pensa Yossel con uno scetticismo tacitamente condiviso dal maestro) e torna a dedicarsi alle sue faccende con l'aria più indifferente di questo mondo. Solo le spalle tremano un poco, mentre si china per asciugare il latte che ha rovesciato sulla soglia e per raccogliere i cocci della ciotola infranta.

XIX

Gli ingenui, maldestri tentativi che da allora Yossel compie ripetutamente per indagare il segreto della principessa non bastano tuttavia a turbare il sereno svolgersi di queste giornate: qualunque cosa accada in cucina, in fondo ha poca importanza se le preghiere vengono recitate con puntualità alle ore prescritte, se nessun evento straordinario intralcia la celebrazione dei riti nella sinagoga scintillante di candelabri, e negli intervalli il maestro può commentare tranquillamente le parole della Legge mentre i discepoli lo ascoltano in silenzio o più spesso affastellano una serie interminabile di domande attraverso le quali, come per una scala dai mille gradini, egli eleva le sue argomentazioni ad altezze sempre più vertiginose.

Anche nel resto del ghetto non si scorge quasi traccia dei passati sconvolgimenti. Certo, in alcuni punti una chiazza nera torna ad affiorare sotto la nuova mano d'intonaco che ricopre le facciate, rammentando i terrori ormai remoti di quella notte; ma sono particolari trascurabili, proprio come gli strilli sommessi o le strane, nervose risate che sfuggono di tanto in tanto dalle labbra di Miriam quando si trova sola con Yossel nella cucina del maestro.

Così trascorrono i giorni, e un'aria sempre più fredda si insinua nei vicoli dissuadendo gli abitanti delle case dall'aprire le finestre, scacciando dai ballatoi anche le donne più ciarliere, spingendo le famiglie a rimanere a lungo asserragliate tra le mura domestiche dove almeno si può scaldarsi alla fiamma del focolare e consolarsi, o forse accrescere la propria tristezza, con la nostalgica evocazione della patria antica, benedetta da un clima mite e generoso, e persino del deserto il cui attraversamento sotto la guida di Mosè sembra assai meno duro del solito, anzi, addirittura piacevole a paragone del gelo che qui stringe nella sua presa impietosa chiunque osi avventurarsi all'aperto.

Finché un mattino, uscendo dalla soffitta per raggiungere la cucina del maestro, Yossel scopre con meraviglia che l'aria ha mutato consistenza: è più densa e chiara, vibrante di un pulviscolo bianco che cade fittamente ma senza fretta, come se lassù si fosse rotto un enorme sacco di farina e ora il contenuto ne filtrasse adagio in attesa che qualcuno corra a travasarlo in un altro recipiente. Ma non è farina, Yossel se ne accorge quando si sporge dalla balaustra della scala e rivolge verso il cielo la bocca aperta in modo che quel cibo non vada del tutto sprecato. Allora sente sulla lingua una sostanza freddissima e stranamente insapore, che dilegua subito, tanto da indurlo a dubitare di averla assaggiata davvero. Ripete più volte l'esperimento senza ottenere risultati apprezzabili, ed è sempre più stupito che quelle sferette grasse e turgide possano rivelarsi così evanescenti da offrire solo una breve sensazione di freddo. Eppure guardando in basso vede il cortile coperto di una sottile patina bianca, proprio come la tavola quando Miriam vi sparge sopra la farina, e vede un velo bianco frapporsi tra lui e le case di fronte che a un tratto sono divenute più lontane, quasi indistinguibili nei loro contorni.

Intanto, dalla finestra del suo studio, anche il maestro osserva quella prima neve e rammenta l'invito che l'imperatore gli aveva rivolto dalla soglia. Aspettiamo, pensa: qualche fiocco non significa ancora una nevicata; e dopo alcune ore, mentre i fiocchi seguitano a cadere sempre più fitti trasformando in una poltiglia biancastra il fango della strada, di nuovo pensa: aspettiamo, tanto lo inquieta l'idea di recarsi al castello e condurre con sé il proprio servo secondo il desiderio espresso dal sovrano.

Indugia così fino a sera, sperando sempre che la neve cessi, e non riesce a concentrarsi come al solito sulle parole della Legge. Le martellanti domande poste dai discepoli oggi lo stordiscono, il suo sguardo, per quanto egli si sforzi di trattenerlo, continua a volgersi ansioso verso la cucina e a spiare la figura di Yossel che seguendo dappresso la servetta si sposta senza tregua da un punto all'altro, come uno spettatore di teatro perennemente in cerca di una visuale migliore.

A cena, dopo aver pronunciato su di esso una svogliata benedizione, squadra con riluttanza il piatto che Miriam gli ha messo davanti: è la neve a togliergli l'appetito inviando attraverso i vetri il suo tenue luccichio. Quando se ne rende conto il vecchio va a chiudere le tende, poi torna a tavola, ma infine si alza di nuovo dopo aver appena assaggiato quel pasto preparato con ogni cura.

Come l'imperatore nello sfarzo opprimente del suo castello, oggi anche il maestro patisce i tormenti dell'insonnia. Ha già recitato da tempo la preghiera di mezzanotte e ancora continua ad andare ogni poco alla finestra, a socchiudere gli scuri, a richiuderli sospirando dopo aver lanciato uno sguardo al fine tratteggio bianco che solca con implacabile regolarità la tenebra del vicolo.

Solo all'alba, quando il primo chiarore filtra già dalle fessure, la stanchezza gli ispira infine un pensiero confortante, sempre più saldo e persuasivo man mano che il suo corpo cede alla seduzione del sonno. Allora egli riesce quasi a convincersi che quell'invito, dopo tutto, non andasse inteso seriamente: da che mondo è mondo, nessun imperatore si è mai degnato di ricevere un rabbino nel proprio palazzo; un invito del genere poteva essere formulato soltanto per burla, o per una di quelle istintive cortesie di cui subito ci si pente e che il destinatario avveduto dovrebbe guardarsi bene dal prendere alla lettera. Se lui e Yossel si presentassero al castello con i loro cappelli a punta, con le loro stelle gialle cucite sui caffetani, non riuscirebbero nemmeno a varcare la prima cerchia di mura; quanto all'ipotesi di poter raggiungere addirittura l'augusto personaggio, è troppo assurda per meritare la minima considerazione.

Rinfrancato finisce dunque con l'assopirsi, mentre la luminosità sempre più intensa che giunge da fuori, lungi dal disturbarlo, gli infonde una cullante sicurezza annunciando una giornata di sole. In effetti la neve ha smesso di cadere: ora posa quieta e immobile sulle strade come il corpo del vecchio sul suo giaciglio e tutto affonda in una pace perfetta, immemore di ogni pena, che neppure il più lieve rumore è tanto irriguardoso da scalfire.

Ma in quel bianco, ovattato silenzio a un tratto risuona nettissima una serie di colpi. Il maestro, destandosi di soprassalto, si precipita alla porta, e quando la apre ecco pararglisi innanzi il cappello piumato del messaggero, il mantello sdegnosamente gettato sulla spalla, l'insegna imperiale protesa verso di lui in un gesto categorico.

XX

Oggi si stenta davvero a riconoscerlo, il palazzo della maestà imperiale: quella strana sostanza bianca che si scioglie sulla lingua senza lasciare alcun sapore è riuscita ad arrampicarsi fin lassù sommergendo lungo il tragitto le vie lastricate e gli argini del fiume, rivestendo il ponte di pietra le cui arcate non si levano più dall'acqua, ma da una lastra rigida e trasparente che ricorda a Yossel i vetri sporchi di una finestra, impennacchiando le cime degli alberi e trasfigurando nel modo più sconcertante i parchi delle dimore nobiliari che sorgono sull'altra riva. Yossel avanza a fatica su quella superficie ora insidiosamente cedevole, ora liscia e scivolosa come se si opponesse con fermezza ad ogni tentativo di attraversarla. Persino il maestro sembra a volte sul punto di perdere l'equilibrio, e l'uomo dal cappello piumato che cammina davanti a loro procede a piccoli passi circospetti conficcando il bastone nel suolo. Eppure a lui sembra un'idea felice uscire a passeggio proprio oggi, quando tutto è così bianco e silenzioso, attraversare il ponte dove nessuno gli si accosta con oggetti sgradevolmente acuminati e raggiungere infine l'altra riva per salire sulle pendici della collina.

Il cielo oggi non è color ciliegia e neanche nero come la notte dell'incendio: è coperto da un basso tetto di nuvole sotto il quale tutte le cose, illuminate dai raggi obliqui del sole, sembrano risplendere di luce propria e spiccano nitide nell'aria gelata. Nulla di vago, nulla di sfumato o indistinto può esistere sotto un simile cielo, e appena i tre hanno superato l'ultima cerchia di mura l'imperatore riesce a scorgerli con perfetta chiarezza dalle finestre dei suoi appartamenti. Le vesti variopinte del primo, gli scuri caffetani degli altri, paiono voler balzargli incontro tanto risaltano sulla neve, ma lo sguardo del sovrano fissa con ostinazione impaziente una sola figura, la più grande, che sale verso di lui tracciando profonde orme grigie.

Con quale lentezza avanzano nella neve alta, con quale esasperante cautela percorrono i viali screziati di azzurre lamine di ghiaccio costeggiando i serragli dove le belve freddolose, addossate l'una all'altra, sognano disperatamente il sole delle loro savane. La figura più grande si ferma, preme il viso contro le sbarre come per scrutare gli animali da vicino, ma quelli corrono a rifugiarsi in fondo alle gabbie, e anche dal suo lontano osservatorio l'imperatore crede di cogliere il brivido che ne scuote i fianchi poderosi.

Ogni volta che qualcuno incespica, il gigante, il messaggero, o meglio ancora quell'odioso rabbino dalla barba bianca, sulle labbra dell'imperatore si disegna un sorriso subito imitato dalla maligna attenzione dei cortigiani. L'alchimista, non c'era da dubitarne, è tra i più solleciti a unirsi al tacito scherno del suo signore, anzi, addirittura a prevenirlo additandogli, casomai gli fosse sfuggita, qualunque irregolarità nel passo dei tre viandanti. Pazienza per il messaggero, che dopo tutto appartiene al castello e vi occupa una posizione troppo modesta per suscitare il livore di un così illustre scienziato; ma gli altri, i due ebrei, è davvero una soddisfazione vederli arrancare vacillando sul viale d'accesso, specie quell'odioso rabbino dalla barba bianca le cui magie hanno saputo incutere soggezione allo stesso sovrano. E ridono tutti apertamente, l'alchimista e i suoi non meno vendicativi colleghi, quando il vecchio scivola sul ghiaccio e per non cadere si aggrappa all'ultimo istante al ramo spoglio e spinoso di un roseto.

Occorre qualche tempo perché comincino a notare le chiazze di colore, dapprima minuscole, poi sempre più vaste, che dove i tre sono passati interrompono la candida uniformità del manto nevoso. È l'imperatore ad accorgersene per primo, mentre ancora i suoi miopi sapienti seguono con il sorriso sulle labbra l'inerpicarsi dei visitatori; ma il sovrano non sorride più, al contrario, sul suo viso si diffonde un terreo spavento mentre osserva gli alberi ai lati del viale coprirsi di un fogliame sempre più folto, le siepi rinverdire, le aiuole fiorire, i rami dei roseti, quei nudi, desolati relitti emergenti dalla neve, esplodere a un tratto in una profusione di boccioli rosa e gialli, bianchi e purpurei, che si schiudono a vista d'occhio spiegando il serico splendore delle corolle.

È una rapida, improvvisa primavera che i tre viandanti lasciano dietro di sé come una scia sempre più lunga, e a poco a poco si propaga in tutti i giardini del castello sfiorando le gabbie dove leoni e pantere abbandonano le loro positure contratte per stiracchiarsi beati a quel tepore inatteso. È un miracolo festoso e variopinto, eppure turba a tal segno l'imperatore da indurlo a volgersi istintivamente verso i suoi cortigiani i quali, ammutoliti di colpo, fissano anch'essi il verde delle foglie nuove, le mille specie di fiori intente a sbocciare con gaia noncuranza dal terreno gelato. Ma non ha più l'ingenuità di ricorrere a loro per una spiegazione; se mai gli fosse balenata un'idea del genere, basterebbe a dissuaderlo l'espressione di completo smarrimento che vede dipinta su tutti i volti.

Per un attimo, serrando le labbra in una smorfia

caparbia, si ripromette di costringere quel vecchio dall'ampio caffetano che avanza verso di lui sull'ultimo tratto di viale a svelargli infine il segreto delle sue arti: di costringerlo in ogni modo, con qualsiasi mezzo, e strappargli di dosso la falsa, elusiva umiltà dietro cui si nasconde. Tuttavia, quanto più il vecchio si avvicina portandogli fin sotto le finestre il sinistro fulgore della sua primavera, tanto più l'imperatore sente venir meno il coraggio, e anche sottrargli con la forza il suo servo come si era proposto comincia ad apparirgli un disegno inattuabile, a dispetto di tutte le misure adottate in previsione di questa visita. Le guardie sono già dislocate opportunamente per impedire la fuga, i più potenti scongiuri sono stati eseguiti, e l'imperatore stesso porta sin dal mattino su di sé, celato dal mantello, un talismano che supponeva in grado di proteggerlo da ogni incantesimo, non escluse le trovate scenografiche del rabbino.

Quale stolta illusione, pensa adesso. E quale scaltra, tenebrosa perfidia nell'apparente soavità di questo spettacolo. Il verde lo stringe ormai in un vero e proprio assedio arrivando a lambire i muri dei suoi appartamenti, e persino attraverso i vetri chiusi lo raggiunge lo strepito melodioso degli uccelli, il cupo, assorto ronzio di api e calabroni, appena nati eppure già disposti in fitte schiere volanti, che sciamano di cespuglio in cespuglio con marziale compattezza.

Così, annunciati dalle voci di quegli araldi, preceduti dalle sinuose avanguardie dei rami in fiore che allungano sulle finestre le loro ombre, i tre arrivano infine davanti alla soglia del palazzo, e fra gli attoniti spettatori che li osservano attraverso i vetri non si leva nemmeno la più flebile risata quando il vecchio inciampa vistosamente salendo gli ultimi gradini.

XXI

Siedi, vecchio, e non avere timore: come vedi siamo soli, ho congedato cortigiani e paggi al preciso scopo di parlare con te senza testimoni, salvo costui che tu definisci il tuo servo e che in effetti sembra obbedirti con estrema sollecitudine, se ti è bastato un cenno della mano per indurlo a ripiegare le membra e ad accucciarsi buono buono in un angolo.

Quietamente, il maestro posa lo sguardo su Yossel che attende al capo opposto della sala fissando sul sovrano i grigi occhi spaventati; poi disegna nell'aria un secondo cenno, ed ecco, le palpebre di Yossel si chiudono, mentre l'imperatore si stupisce di vederlo addormentarsi così, a comando, come se non fosse la sua volontà ma quella del padrone a governare in lui persino i processi più istintivi.

Immagino, dice, che ti domanderai per quale motivo io ti abbia convocato; ma il rabbino non domanda nulla, non si prenderebbe mai una simile libertà, e l'altro loda a denti stretti la sua sottomissione: fai molto bene, dichiara, poiché l'invito di un sovrano va accolto senza discutere, con muta gratitudine, e guai a chi fosse così impertinente da indagarne i motivi.

L'impertinenza, maestà, è un lusso che non possiamo concederci, replica il rabbino con un sorriso.

Già, voi ebrei meno che mai, stranieri come siete, e

dipendenti in tutto e per tutto dalla nostra graziosa protezione. Io però, devi riconoscerlo, sono sempre stato benevolo con la tua gente, forse perché mi scopro non meno straniero, non meno sperduto di voi, quando sulle mappe dei miei astronomi scruto la stellata immensità che mi circonda. Per te poi ho concepito una tale simpatia da considerarti alla stessa stregua di un suddito, nell'animo se non nel diritto: un suddito fedele, e debitamente sollecito dell'interesse comune.

Il rabbino ascolta in silenzio. Vorrebbe spiegare all'uomo pallido e inquieto che gli siede dinanzi come egli sia sì, nell'animo se non nel diritto, un suddito fin troppo fedele di quel suo impero così parco di ricompense, un abitante della buia città di ghiaccio che si stende ai piedi del suo castello, ma al tempo stesso viva incessantemente in un'altra terra, calda e generosa, ignara dei rigidi inverni, dove scorrono fiumi di latte e di miele, dove le palme crescono cariche di datteri e dove forse si sentirebbero a casa persino le fiere che si aggirano intirizzite nelle gabbie dei suoi serragli. Di tutto questo, però, nulla gli viene alle labbra salvo un breve sospiro, che l'imperatore interpreta in modo del tutto errato.

Ho detto "suddito" e me ne scuso, in realtà so benissimo chi sei. Proprio perché sono così potente riconosco senza difficoltà la potenza quando me la trovo di fronte, anche se si presenta vestita di un umile caffetano, e in te l'ho riconosciuta subito, fin dal giorno in cui venni a visitarti a casa tua, anzi, già da quella sera quando attraversai il ponte in carrozza e il mio sguardo cadde per la prima volta su di te. Lascia dunque che io ti parli da pari a pari, mentre nessuno ci ascolta, e rispondimi con l'audace franchezza che si addice a un uomo del tuo rango.

Farò come meglio posso, maestà.

Bravo, come meglio puoi. Voglio discutere con te gli affari di stato, sottoporli al tuo illuminato giudizio, perché non tutto, sappilo, procede come dovrebbe in questo vasto impero di cui sono a capo, non tutti i pericoli sono scongiurati, e nella pace apparente, forze insidiose seguitano a ordire le loro trame.

Ma il rabbino si stringe nelle spalle. E contro pericoli del genere, in che modo potrei mai aiutarti?

Con il tuo consiglio, con la tua scienza, con le tue arti sublimi, risponde l'imperatore alzando inavvertitamente la voce. Si rende conto che le blandizie non sono bastate a smuovere quel vecchio guardingo, tuttavia insiste ancora: affida a me i tuoi segreti, continua sforzandosi di modulare la voce in un suadente mormorio, come io sono disposto ad affidarti la salvezza del mio impero. Potrei costringerti, ma non voglio. Preferisco rivolgermi a te come a un amico devoto e attendere che tu mi offra in amicizia, spontaneamente, tutto l'aiuto di cui sei capace. Saprò compensarti bene, non dubitarne: oltre i tuoi sogni, oltre le tue più fantastiche speranze.

Le mie speranze tu non le conosci, risponde il vecchio in uno scatto d'orgoglio di cui subito si pente. Ma l'imperatore non lo sente nemmeno, o finge di non sentirlo, e seguita a parlargli in quel tono sommesso e carezzevole nel quale, come un basso ostinato, vibra sotterranea una nota di minaccia.

Credimi, le magiche arti di cui disponi sono sprecate nei vicoli oscuri del ghetto: il loro posto è qui, in questa reggia che domina il mondo dalla cima della sua collina. E se tu stesso non intendi rinunciare a quella quiete appartata che tanto si addice a uno studioso, lasciami almeno costui, il tuo servo, o comunque ti piaccia chiamarlo, e insegnami a guidarne la forza per conseguire gli scopi che ci stanno a cuore.

Di nuovo, a tali parole, il maestro si volge a guardare Yossel che nel suo angolo dorme un sonno irrequieto, agitato da continui tremori. Ti sei compiaciuto di lusingarmi, maestà, definendomi un potente, dice poi imitando il tono gentile e sommesso dell'imperatore: se lo fossi non sarei più adatto di te a comandare costui come suo padrone e di buon grado, persino con sollievo te lo lascerei.

Ma un rifiuto, per quanto umilmente formulato, non è cosa che un sovrano possa tollerare, e la furia così a lungo repressa ora esplode all'improvviso travolgendo ogni diplomazia. Ora l'imperatore si è levato in piedi, quasi a soverchiare il rabbino con l'altero splendore della sua corona, e mentre parla il manto stellato oscilla tempestoso sfiorando le ginocchia del vecchio.

Vuoi dunque obbligarmi a usare contro di te i mezzi di cui mi valgo con la gente mediocre, i cospiratori, i ribelli, le spie che per qualche moneta d'oro vendono i loro servigi ai regni rivali? Vuoi rinunciare all'amicizia di un monarca prima ancora di averne assaporato i vantaggi, senza altra speranza (ed è già una speranza azzardata) che tornare per sempre all'oscurità da cui provieni?

Ciò che io voglio importa assai poco, risponde il maestro senza turbarsi. Vedi, maestà, tu non sei il solo a giudicarmi potente: io stesso, con mia grave colpa, mi giudicavo tale quando in una notte d'estate varcai la porta del ghetto e mi diressi verso il fiume, abbagliato da un nome che andavo rigirando nella mente senza poter pronunciarlo, e ancora seguitavo a dirmi che la via sulla quale camminavo era la via della conoscenza, non un'altra, proprio come tu persegui esclusivamente il bene comune e il vantaggio dell'impero di cui sei a capo...

Il bene comune, certo. Osi forse dubitarne?

Non più che di me stesso, maestà, risponde il rabbino chinando gli occhi a terra per sottrarsi allo sguardo lampeggiante dell'imperatore. Teme di aver detto troppo, o di non aver detto abbastanza, e come per chiarire il proprio pensiero torna a fissare la figura addormentata di Yossel, così greve e cupa, così penosamente deforme nel suo sforzo di somigliare a un uomo. Non più che di me stesso. E il sovrano, dopo aver osservato a sua volta quella figura, siede di nuovo davanti al vecchio squadrandolo ansiosamente di sotto le ciglia aggrottate.

È una strana confidenza quella che regna tra il rabbino e l'imperatore nella sala dietro le cui porte chiuse i cortigiani origliano sperando di riuscire a cogliere qualche frase, davanti alle cui finestre le piante seguitano a inverdire e gli uccelli a cantare incuranti della stagione. È una confidenza fatta di silenzi più che di parole, di cautele reciproche più che di abbandono, come tra due nemici che si scrutino senza incrociare le spade, misurandosi nella propria disarmata umanità.

Adesso è l'imperatore a distogliere il volto con un moto brusco, doloroso. Tace così a lungo, che il maestro si domanda se sia ancora consapevole della sua presenza; ma quando infine parla di nuovo, la sua voce è un sussurro talmente fioco da risultare udibile a stento persino nel silenzio di quella sala.

Se non vuoi a nessun costo rivelarmi il tuo segreto, sarò io a rivelarti il mio. Apri gli occhi, vecchio, e osserva con attenzione, poiché prima di te nessuno ha mai posato lo sguardo su ciò che sto per mostrarti.

E lentamente, con una studiata lentezza appresa forse quando assisteva alle recite nel suo teatro di corte, sfila il guanto azzurro che gli avvolge la mano sinistra, scoprendo dapprima il polso, quindi il dorso, infine le dita che si scuotono nervose per liberarsi di quell'ultimo impaccio. Senza volerlo stringe il pugno e lo porta al petto come per nasconderlo; poi però, con uno sforzo, tende il palmo aperto verso il rabbino e questi può scorgervi proprio al centro, nitidissima, una macchia nera, la cui forma ricorda con buona approssimazione quella di una stella.

Lo vedi? dice l'imperatore mentre l'altro osserva muto. È un segno di morte. I miei untuosi scienziati lo negherebbero, se li consultassi, ma tu non commetterai certo un errore così grossolano. È il segno di un male che mi corrode giorno dopo giorno, che mi toglie il sonno ogni notte, che minaccia me e la stabilità del mio stesso impero.

Ma poiché il rabbino continua a tacere limitandosi a fissare la macchia nera a forma di stella, l'imperatore, pentito della propria fiducia, torna a infilare il guanto con un gesto brusco.

Le confidenze di un sovrano sono un dono ambiguo, dice ora il maestro, e non so se rallegrarmi o dolermi di averle ricevute. Ma non vi è nulla che possa cancellare quel segno dalla tua mano, nulla salvo la volontà del Santo, sia Egli benedetto.

La volontà del Santo... ripete l'imperatore piegando le labbra in una sorta di sorriso. Proprio quella volontà sento incombere come un'insidia mortale su di me e sul mio regno: la sento in agguato nelle più fonde tenebre del firmamento, nei responsi degli astri, nei mille presagi terrificanti che affollano i miei giorni, e quando mi rigiro fra le coltri in preda all'insonnia è la volontà del Santo, come la chiami tu, a perseguitarmi ostinata mozzandomi ad ogni istante il respiro. No, vecchio, la rovina non si può scongiurare; ma forse si può almeno differirla, allontanarla, si può puntellare la forza vacillante del trono con un'altra forza, attinta da diverse radici. Così dice l'imperatore, e tendendo il braccio indica la greve figura di Yossel rannicchiata nel suo angolo. Dopo ciò che hai visto, dopo ciò che ti ho mostrato, non vuoi dunque rivelarmi chi è costui?

Per un attimo il rabbino sembra esitare, mentre i suoi miti occhi bruni si posano prima su Yossel, poi sul volto dell'imperatore che gli appare sfigurato dall'angoscia, contratto in un estremo spasimo di speranza. Infine però si alza, con un moto risoluto, e ora è la sua persona gracile e curva a dominare quella del sovrano. Chi è costui, risponde, lo vedi da te: non è altro che un informe grumo d'argilla plasmato dalla mano del suo creatore, chiamato a vivere dalla parola divina.

Un uomo? domanda dubbioso l'imperatore.

Un uomo, conferma il maestro, come sei tu e come sono io. Quindi si inchina profondamente, mentre negli occhi gli guizza quella stessa scintilla d'ironia che l'imperatore aveva creduto di scorgervi già una volta, quando gli aveva fatto visita nella sua stamberga e si era ritrovato a vagare per le sale sontuose del castello. Ora, se la vostra maestà me ne dà licenza, continua il vecchio tornando a porre tra sé e il sovrano lo schermo della propria umiltà, vorrei svegliare quest'uomo e con lui ritornare a casa. Il giorno è breve, difficile il cammino sulle strade innevate: come la vostra maestà non avrà mancato di notare, la primavera è ancora molto lontana.

XXII

Proprio lui: con il lungo panno azzurro punteggiato di giallo, con il cerchio splendente intorno alla fronte, con quello stesso sguardo nero che ogni notte viene a strapparlo al sonno. Quando ha scorto per la prima volta l'imperatore Yossel si è sentito percorrere da un brivido, e nel trovarsi chiuso con lui fra quattro pareti, senza modo di sfuggire ai suoi occhi, ha provato una tale inquietudine da dover far appello a tutta la sua docilità per mettersi quieto e addormentarsi obbedendo ai cenni del maestro.

Ora, sulla via del ritorno, mentre il padrone gli cammina accanto a testa bassa immerso nei propri pensieri, non vede nulla di quanto lo circonda, non i giardini fioriti che cedono a poco a poco il campo a una coltre compatta di neve, non le facciate dei palazzi con i davanzali bordati di bianco, non il fiume gelato dalla cui immobilità si levano le scure arcate del ponte: come chi sia stato abbagliato seguita a scorgere anche sotto le palpebre chiuse un ardente pulviscolo, così dinanzi ai suoi occhi seguita a balenare una confusa fantasmagoria d'oro e di porpora, di marmi e cristalli accesi di riflessi mutevoli, e quell'algida, minacciosa figura che il suo padrone chiamava "maestà" gli si para incontro ad ogni passo come il più assillante degli spettri. Yossel non può levare lo sguardo senza indovinarne la fronte cinta dal cerchio d'oro che luccica debolmente nella buia cavità di una finestra, non può svoltare un angolo senza intravedere un lembo del lungo manto stellato che subito scompare, come ritirato da una mano frettolosa; e quando attraversa il ponte, il fiume stesso è un manto azzurro disteso ai suoi piedi, rigido e immenso, punteggiato di gialle chiazze di luce.

Solo entro le mura del ghetto, quando i vicoli lo stringono di nuovo nel loro abbraccio protettivo, quell'immagine smette di perseguitarlo. Rassicurato, Yossel procede a passi baldanzosi seguendo il padrone e finalmente varca con lui la porta di casa. Ora per la prima volta si rende conto di quanto siano piccole quelle stanze, di quanto siano bassi i soffitti, così bassi che la sua testa arriva quasi a sfiorarli; eppure non cambierebbe tutto ciò con i vasti, frastornanti saloni del castello, al contrario, prova un indicibile sollievo nel sentirsi avvolgere da quelle pareti, comode e familiari come un vecchio vestito, accoglienti come un'umida tana scavata nella terra dove un animale braccato può trovare rifugio.

In cucina, ecco la principessa che appena entrano lancia un grido e li guarda in modo strano, quasi non si aspettasse di rivederli. Senza una parola il maestro si lascia cadere su una sedia e rimane a lungo immobile fissando le fiamme del focolare; poi, con un sorriso, si volge verso Miriam, che incontrando i suoi occhi non riesce più a trattenersi e scoppia in lacrime, proprio come durante quella cena festiva quando aveva udito rievocare le pene struggenti dell'esilio. Lo raggiunge, si inginocchia davanti a lui, e il vecchio le passa una mano tra i capelli in una lenta carezza, mentre Yossel si domanda perché mai sembrino entrambi così afflitti e intanto osserva con attenzione le brune ciocche lucenti inanellarsi al tocco di quelle dita.

Non sa che gli uomini possono piangere due volte, per l'angoscia e poi ancora per il sollievo, e che il pericolo, quando è passato, spesso lascia dietro di sé una lunga eco tormentosa. Quanto a lui, si abbandona senza riserve alla gioia di essere di nuovo a casa, come se gli eventi singolari di quella giornata avessero smarrito ogni realtà dal momento in cui egli ha varcato con il maestro la stretta porta di legno. Non vi è traccia, lì dentro, di manti stellati e fronti cinte da cerchi d'oro; solo i capelli della principessa, rispondendo ai bagliori delle fiamme con un vibrante scintillio, gli rammentano ancora il fulgore di quel palazzo, ma in una versione più calda, più benigna, che invece di sgomentarlo gli instilla nell'animo una profonda consolazione.

XXIII

Vasta e possente è l'opera della creazione, simile a un enorme albero capovolto le cui radici non affondino nella terra ma lassù, nell'estrema sommità dei cieli, dove ogni cosa attinge dal Signore il proprio nutrimento. E come la linfa dalle radici sale attraverso il tronco e di qui si diffonde per i rami vivificando anche la più remota fogliolina, così la misericordia del Santo, sia Egli benedetto, scende fino a noi di mondo in mondo, e grazie a tale misericordia tutte le creature hanno essere e sostanza. Non un angolo vuoto vi è in quegli spazi immensi che separano le radici dall'ultimo dei rami, non un punto che non trabocchi di vita, che non pulluli di angeliche schiere, poiché la potenza del Santo non conosce limiti né confini e in nessun modo vuole concedere al nulla di infiltrarsi nei suoi domini.

Ma oggi vi parlo dell'albero (e non immaginate come mi rallegri poter discorrere ancora con voi di siffatti argomenti, qui, in questa quiete appartata che tanto si addice a noi studiosi), ve ne parlo, dicevo, per richiamare la vostra attenzione su una circostanza spesso trascurata eppure importantissima, secondo la quale ogni uomo dovrebbe regolare la propria condotta. Sappiate dunque, e tenete sempre a mente, che se le radici dell'albero sono collegate alle sue più lontane propaggini per mille canali sottili e infinitamente ramificati, attraverso quegli stessi canali un'altra e opposta corrente rifluisce senza posa verso le radici, stabilendo così tra l'alto e il basso una comunicazione reciproca, una connessione talmente stretta che qualunque cosa avvenga in un punto dell'albero si ripercuote con infallibile esattezza su tutti gli altri punti, anzi, persino su quel celeste fondamento dal quale l'albero trae la propria esistenza.

Mi avete compreso? Spero proprio di sì, anche se su alcuni volti leggo ancora una certa perplessità, quasi vi domandaste in che modo possa mai riguardarvi e costituire addirittura la regola della vostra condotta tutta questa intricata vicenda di rami e radici e di linfe che scendono e risalgono incessantemente attraverso il tronco. Non vorrei offendervi, lungi da me, ma la vostra espressione non mi pare molto più perspicace di quella del povero Yossel che da un pezzo, me ne sono accorto, va ciondolando nei pressi della soglia e tende di tanto in tanto l'orecchio per ascoltare. Eppure sulla seconda corrente, che dai rami rifluisce verso la radice, si basa tutta la serietà della nostra vita terrena, e il nostro rango, superiore persino a quello degli angeli. Come infatti le cose di quaggiù derivano la loro linfa dall'alto, così l'ordine e la sussistenza dei cieli dipendono dalle azioni compiute da noi qui sulla terra, e perciò, io credo, fu scritto di un illustre maestro che quando si recava al mercato il Santo in persona, sia sempre benedetto, lo accompagnava con tutti i suoi mondi.

Ma non è nemmeno necessario essere un grande sapiente: se un calzolaio aggiusta una scarpa a regola d'arte, anche quel lavoro così ben fatto rifluisce verso l'alto, e aggiunge splendore alle ali dei serafini; se un uomo rende giustizia a un altro uomo, con quell'atto ha costruito un pilastro che sostiene l'intero edificio della creazione, poiché il poco regge il molto, la terra il cielo, e in tal modo è affidato a ciascuno di noi un compito sublime e terribile, tale da infondere lo sgomento nel cuore dei più impavidi.

Sì, lo sgomento. E forse perché oggi lo provo con particolare intensità, piuttosto che un uomo e peggio ancora un maestro vorrei essere un'ape o una formica, una di quelle umili, felici bestiole che la natura stessa provvede a guidare per cammini infallibili. Non soltanto le azioni rette infatti rifluiscono in alto, ma anche le altre, che compiamo accecati dall'errore, dalla presunzione, dagli istinti malvagi, e se le prime possiedono il benefico potere che vi ho appena descritto, immaginate quali nefaste, smisurate conseguenze riescano a produrre le seconde insinuandosi fin lassù, nelle sfere supreme. Allora i pilastri del mondo vacillano, un sordo tremore percorre la creazione propagandosi di cielo in cielo, e nessuno può arrestarlo, e gli angeli si rifugiano atterriti ai piedi del trono a ripetere il loro grido immemorabile: chi è l'uomo, Signore, perché tu debba ricordarti di lui? Per quale motivo ponesti un così grande potere nelle mani di una creatura imperfetta, ottenebrata, invece di affidarti alla nostra quieta sollecitudine? E davvero non so, cari discepoli, quale sia la risposta del Santo a tali parole.

Rammentate la torre di Babele: la sua sfida, la sua mole ambiziosa. Rammentate Caino e quanti anche oggi, imitandolo, versano il sangue, senza pensare che ogni goccia contribuisce a corrodere le fondamenta dell'universo. Rammentate Nimrod, il re cacciatore, che non pago di aver seminato la strage fra gli animali volle insignorirsi dei suoi simili, dominare il mondo intero, e tutti i tiranni venuti dopo di lui nel corso dei millenni e ancora destinati a venire, fino a quel Gog di Magog che armerà il proprio esercito sterminato all'epilogo dei tempi. Ma chi può dirsi senza colpa tra quanti hanno mai cinto una corona, tra quei superbi che si avvolgono in manti punteggiati di stelle e siedono come draghi gelosi a guardia dei loro possessi, diffidenti e crudeli, sempre pronti a sospettare intrighi e a ordirne a loro volta di peggiori? O coloro che affermano di camminare sulla via della conoscenza ma sono mossi in realtà da un'ambizione sfrenata, più sfrenata di quella che moveva quegli antichi costruttori di Babilonia a innalzare sino al cielo la loro torre di empietà, e se non possono cingersi di corone o drappeggiare intorno al corpo sontuosi manti regali, tacitamente, nei loro studi polverosi, si arrogano il titolo di principi dell'universo e osano eguagliare le proprie arti a quelle imperscrutabili del vero Creatore...

Io mi meraviglio ogni volta, sapete, quando di notte vedo inarcarsi ancora sopra di noi la cupola del firmamento, così salda e serena, in apparenza, come se nulla potesse scuoterla; e notte dopo notte, mi aspetto sempre di vederla rovinare a terra, non soltanto quando penso a quei tiranni famosi, aperti maestri d'iniquità, ma anche quando il mio sguardo riluttante si spinge per un attimo in certe pieghe oscure, segrete, che io stesso custodisco nell'anima.

XXIV

Da tempo Miriam ha smesso di spaventarsi ai goffi approcci del bestione, e invece di lanciare quegli strilli che avevano fatto accorrere maestro e discepoli si limita a ridacchiare divertita quando vede le sue mani enormi avanzare furtivamente verso di lei. A onor del vero Yossel non ha più tentato di sollevarle l'orlo della gonna: meglio per lui, poiché Miriam è sempre pronta a respingere ogni impertinenza del genere con un colpo ben assestato del piede armato di zoccolo. In compenso però le accade di sentire la sua mano sfiorarle appena i capelli in un gesto incerto, trattenuto, senza mai osare posarsi su di essi per accarezzarli, ma rimanendo sospesa, come una farfalla insieme attratta e intimidita dal calice odoroso di un fiore. Lo ripete spesso, quel gesto, con una sorta di accorata bramosia, finché un giorno è la stessa Miriam ad afferrargli il polso e a guidare lentamente le sue dita nel groviglio di riccioli che le circonda il capo; ma le dita del bestione sono troppo grosse, troppo rudi pur nel loro patetico sforzo di delicatezza, e la servetta, dopo averle sopportate per qualche istante, le scosta di nuovo e si allontana spazientita.

Da allora quando si trovano soli in cucina Miriam deve affrontare di continuo la muta preghiera del suo sguardo, e come tanti benefattori prima e dopo di lei si pente di essersi lasciata andare a quell'atto inconsulto di generosità stabilendo in tal modo un precedente pericoloso, un rudimento di diritto cui il bestione si sente ormai autorizzato ad appellarsi. Spesso finge di ignorarlo, ma qualche volta si mostra arrendevole, chinando addirittura la fronte per facilitargli le cose e mantenendo per minuti interi una docile passività; poi corre a specchiarsi nei vetri di una finestra, e quasi sempre deve ridere delle bizzarre, torreggianti acconciature in cui quelle dita inesperte hanno plasmato i suoi capelli.

Quanto a Yossel, tali sporadiche concessioni lo rallegrano, ma non bastano ad appagarne il desiderio: lo rendono anzi più intenso, più struggente, sebbene il suo oggetto continui a rimanergli misterioso come la magnificenza che la principessa nasconde sotto gli stracci. È un impulso non meno forte di quello che lo spinge a cercare un pezzo di pane tenuto in serbo, quando di notte si sveglia affamato nella soffitta, o a spegnere con un sorso d'acqua l'arsura della gola, e anch'esso arriva talora a destarlo, senza tuttavia che la sua mente gli suggerisca con altrettanta immediatezza un rimedio appropriato. Lo desta a poco a poco da sogni dolcissimi eppure colmi d'orrore in cui egli non vede la principessa, ma solo i suoi capelli, lunghi, simili ai sinuosi tralci dell'edera, che gli si avvolgono intorno imprigionandolo in una stretta morbida e soffocante. E pensare che di giorno, nella casa del maestro, quei capelli arrivano a stento a coprirle le spalle e sono appena ondulati in brevi riccioli inoffensivi; soltanto di notte assumono con grande sconcerto di Yossel quelle sembianze serpentine.

Gli è assai più facile spiegarsi il chiaro splendore che penetra all'alba tra le pareti della soffitta: vuol dire che la principessa è sveglia e lo attende giù in cucina, inviandogli quel saluto sfolgorante e inequivocabilmente regale prima di tornare a camuffarsi nelle sue opache vesti di esiliata. Allora Yossel si alza e va a raggiungerla, così in fretta che quando è in cortile i gradini più alti della scala non hanno ancora smesso di tremare. Mentre lo accoglie tranquilla ponendogli dinanzi la ciotola con un gesto assonnato, la sua figura non mostra più il minimo bagliore di quella luce, ma Yossel non si lascia trarre in inganno: sa che è custodita in lei, da qualche parte, come la fiamma nel corpo di cera della candela, e ad ogni istante ne attende la piena e definitiva rivelazione.

Da qualche tempo, pensa Miriam, mi guarda davvero in modo strano; e quasi senza accorgersene gli lancia a sua volta occhiate di ironico compiacimento, e senza un'intenzione precisa, passandogli accanto, china il capo verso di lui in modo da sfiorarlo con la punta dei capelli. Da qualche tempo quando si trova a tu per tu con il bestione è animata di un'insolita, acuta consapevolezza di sé, che la induce a compiere ogni gesto studiandone istintivamente l'effetto, a osservarsi come dall'esterno mentre si muove, a esaminare le proprie braccia nude seguendo lo sguardo di Yossel ogni volta che si rimbocca le maniche per affrontare l'acqua insaponata. Camminando si dondola leggermente sugli zoccoli, anche in presenza del maestro che però è troppo distratto per notare quella curiosa alterazione della sua andatura, e al mercato tratta da pari a pari non solo le ragazze più grandi, ma persino le fortunate bellezze al cui passaggio gli uomini bisbigliano tra loro a bassa voce.

Se le dicessero che sono le attenzioni di Yossel ad accendere in lei un simile orgoglio, risponderebbe con un'alzata di spalle; eppure, guidata da un'inconscia civetteria, escogita sempre nuovi espedienti per tener vivo il suo interesse, come se ce ne fosse bisogno, come se quel bestione possedesse la potenziale volubilità di un vero corteggiatore; eppure nei loro giochi si insinua giorno dopo giorno una tensione che li rende stranamente eccitanti, e accade spesso che i due, in assenza del maestro, trascorrano ore a rincorrersi da una stanza all'altra, salvo fermarsi di colpo quando si sono raggiunti e rimanere così, immobili, senza toccarsi, scambiandosi un breve sguardo perplesso prima di separarsi di nuovo.

È quasi sempre Yossel a inseguire la principessa, che si diverte a eludere le sue ricerche rifugiandosi nei nascondigli più fantasiosi, ma appena lo sente avvicinarsi rivela immancabilmente la propria presenza con una lunga, rauca risata. Quando infine si stanca, gli impone con un cenno di mettersi seduto ed egli obbedisce, e resta a guardarla da lontano senza osare più muovere un passo verso di lei; se invece è il bestione, vinto dall'affanno, a interrompere il gioco prima del tempo, Miriam gli concede solo qualche istante per riprendere fiato, quindi torna a provocarlo sventolandogli sotto il naso l'orlo della gonna.

Persino di notte, a volte, dopo che da tempo nella casa si sono spente tutte le luci, l'intraprendente ragazza afferra il lume che arde accanto al suo letto, sguscia all'aperto, sale a passi furtivi la scala a chiocciola; e se da principio, giunta sul ballatoio, si limitava a bussare alla porta della soffitta per poi fuggire ridendo appena udiva il bestione accorrere trafelato, ora è divenuta più audace: senza bussare, attenta a far cigolare il meno possibile i cardini della porta, spesso si introduce addirittura nella soffitta mentre Yossel è ancora immerso nel sonno, e gli si accosta in punta di piedi, e lo sveglia di soprassalto soffiandogli sulla guancia il suo caldo respiro.

XXV

L'inutile talismano che l'imperatore portava durante la visita del rabbino giace abbandonato in un cassetto, fra altri amuleti smessi di comprovata inefficacia, mentre nella camera è tutto un affaccendarsi di medici, farmacisti e cerusici che vanno e vengono dal capezzale dell'infermo sperimentando su di lui i più astrusi rimedi. Bisogna infatti sapere che il sovrano, dopo aver sopportato suo malgrado il repentino commiato del maestro e averlo visto allontanarsi con Yossel senza osare alcun tentativo per impedirglielo, era andato a coricarsi in preda a una profonda afflizione e da allora si era rifiutato ostinatamente di lasciare il letto. Alle premure dei paggi, alle sollecitazioni dei cortigiani, opponeva la cocciuta resistenza di un fanciullo viziato che non voglia lasciarsi distogliere dal proprio capriccio, fino a quando, più per assecondarlo che nella persuasione di trovarsi di fronte a un'autentica malattia, ci si era appunto risolti a convocare al castello quell'imponente, variopinta schiera di guaritori e ad affidarle ogni ulteriore iniziativa.

Così ora sul corpo teso e fremente dell'imperatore vengono applicati impiastri, praticati salassi, così pozioni di ogni genere, ciascuna delle quali promette i più spettacolari effetti taumaturgici, gli vengono insinuate tra le labbra perennemente contratte in una smorfia di torvo scetticismo, e vi è persino chi, brancolando in cerca di una causa che possa aver prodotto la misteriosa malattia del sovrano, tenta di sfilargli il guanto dalla mano sinistra; ma a quel gesto l'infermo sembra recuperare di colpo tutte le sue energie e sottraendo il braccio in un moto brusco scaccia irosamente dalla camera l'incauto indagatore.

Non tormentatemi, dice poi con un filo di voce mentre i medici, i farmacisti e i cerusici rimasti al suo capezzale osservano preoccupati il collega che si allontana tra due alabardieri. Quanto a lui, pare averne già dimenticato l'esistenza: il suo sguardo velato d'angoscia ora si volge alla finestra, come a cercare attraverso i vetri se mai la magica primavera del rabbino abbia lasciato qualche traccia dietro di sé, un bocciolo, una chiazza d'erba, il ramo frondoso di un arbusto. Ma non trova nulla, e con un misto di sollievo e delusione si stende di nuovo assoggettandosi alle vane cure dei medici.

Nel frattempo anche gli astrologi fanno la loro parte: seguitano a trarre oroscopi dubbiosi attribuendo il malessere dell'imperatore alla potenza di Saturno, quel cupo, perverso pianeta che esercita un effetto così debilitante sull'animo dei malinconici, e attendono con ansia il prospettarsi di una congiunzione celeste meno infausta. L'imperatore li ascolta in silenzio. Invece di scrutare il cielo, dice a se stesso, bisognerebbe guardare più vicino, tra le mura decrepite che rinserrano le casupole del ghetto, e per la precisione tra le pareti di una certa soffitta dove è custodito l'unico rimedio, l'unica salvezza possibile. Sì, egli non dubita per un istante che se riuscisse a mettere le mani sul presunto servo del rabbino ne avrebbe un tale conforto da veder dissolversi definitivamente le nebbie della malinconia, eppure quel rimedio così semplice è fuori della sua portata, il possesso di un impero non gli offre risorse sufficienti per vincere le arti del vecchio ebreo, e così gli tocca languire a letto macerandosi in una collera impotente e senza speranza.

Di tanto in tanto sembra riscuotersi dalla sua corrucciata apatia, e ministri e ambasciatori, sempre appostati nel corridoio, ne approfittano per farsi avanti e sottoporgli almeno le questioni di maggiore urgenza; lui però li congeda quasi subito con un gesto annoiato. Trattati di pace, dichiarazioni di guerra, attendono invano la sua firma. Soltanto un ordine egli si degna di emanare, levandosi persino a sedere sul letto per scriverlo di suo pugno: l'ordine che un drappello di soldati monti la guardia intorno alla sinagoga, giorno e notte, secondo turni rigorosi, in modo da non lasciarsi sfuggire nulla di quanto può accadere, e che un rapporto particolareggiato e privo di omissioni gli venga recato quotidianamente al suo capezzale d'infermo. E dopo aver emanato quest'ordine, l'imperatore ricade sui cuscini con un grande sospiro, senza più curarsi di ministri e ambasciatori che gli si affollano intorno mendicando la sua attenzione.

XXVI

Oggi Miriam ha chiuso il bestione fuori della cucina per poter lavarsi nella tinozza di legno. Mentre si immerge con prudenza nell'acqua fumante lo sente camminare per il cortile, su e giù, a passo così regolare come quello delle guardie che da qualche tempo presidiano il vicolo. Avrà freddo, pensa impietosita ma non senza un'ombra di vanità, perché in fondo il bestione potrebbe anche tornarsene nella soffitta, e se invece rimane lì fuori in quel pomeriggio ventoso è segno che non vuole allontanarsi da lei neppure per mezz'ora: preferisce attendere dietro la porta, con devozione canina, il momento di essere riammesso.

Purché i suoi passi non disturbino il maestro, pensa Miriam volgendo un'occhiata inquieta verso lo studio. Poi si domanda se dal cortile Yossel riesca a vedere qualcosa quando, come adesso, si ferma per un attimo davanti alla finestra dalle tende accostate e guarda nella sua direzione con aria timidamente indagatrice. Ma cosa può vedere, in realtà? Tutt'al più la sagoma di un braccio, o le spalle di Miriam che sporgono dalla tinozza, o forse, se le tende non fossero chiuse a dovere, il contorno del seno che si delinea vagamente sotto la schiuma.

Si alza in piedi e resta così, ritta dinanzi alla finestra, quasi volesse sfidare il bestione a ricambiare il suo sguardo. È davvero difficile stabilire se lui la veda oppure no attraverso i vetri e il tessuto leggero delle tende, in quell'incerto chiarore creato dal fuoco che arde nel camino; in ogni caso, le sembra che indugi un po' più a lungo del solito prima di tornare a voltarsi verso il fondo del cortile. Quando si è allontanato Miriam esce infine dalla tinozza e si avvolge rabbrividendo nel lenzuolo che ha preparato su una sedia. Fa davvero freddo, quasi troppo freddo per spogliarsi, eppure il bagno le è risultato particolarmente piacevole e le ha lasciato addosso uno strano languore, una spossatezza benefica e venata di eccitazione come quella che a volte l'assale dopo aver giocato a rincorrersi. Forse per questo, invece di rivestirsi in fretta come il clima suggerirebbe, dopo essersi asciugata e aver gettato a terra il lenzuolo si trattiene per qualche tempo davanti al camino, soprappensiero, spiando la propria immagine riflessa dalla grande pentola di rame. Infine però si riscuote: indossa la camicia pulita, la sottana, allaccia ad uno ad uno sul seno arrossato i bottoni del corpetto, quindi va alla porta per richiamare Yossel e questi si affretta a raggiungerla, convinto che la principessa gli abbia perdonato l'ignoto crimine a causa del quale era stato bandito dalla cucina. Non è forse un insperato segno di clemenza che gli conceda addirittura di aiutarla, con quelle sue mani tozze, ad allacciare dietro la schiena il nastro del grembiule?

Ma ormai non c'è tempo per i giochi. Yossel deve rassegnarsi a rimanere seduto in un angolo mentre Miriam prepara la cena per il maestro e là fuori, in cortile, le tenebre già si addensano annunciando l'ora della separazione. Il bestione ha un'aria talmente triste che fa pena guardarlo, eppure prima di notte si consolerà, poiché Miriam ha deciso di offrirgli ancora un gioco, il suo preferito: è un vecchio gioco, e ha cominciato da un pezzo ad annoiarla, ma chissà che non le riesca di escogitare qualche variante in grado di accrescerne l'interesse.

Continua a pensarci tutta la sera, dopo che Yossel si è ritirato; ci pensa durante la cena del maestro e poi mentre siede da sola in cucina contemplando il lento estinguersi delle fiamme nel focolare, ma ancora non sa di preciso in cosa possa consistere questa variante né perché proprio oggi ne senta un'imperiosa necessità. Non lo sa nemmeno quando dopo la preghiera di mezzanotte vede spegnersi il lume nella camera del maestro ed esce di casa senza far rumore dirigendosi verso la soffitta. Solo nel salire i gradini della scala a chiocciola cede al capriccio di slacciarsi il corpetto, appena appena, di un bottone o due: tanto per vedere come reagisce il bestione.

È un semplice scherzo dal quale si ripromette risate e divertimento, tuttavia il cuore le batte più in fretta del solito mentre varca la soglia della soffitta accolta dallo sguardo lietamente sorpreso del suo adoratore. Con candida malizia regge davanti a sé la bugia in modo che la luce cada proprio sulla sua scollatura improvvisata, e quando se ne accorge Yossel apre addirittura la bocca dalla meraviglia e rimane così, gli occhi fissi su quel breve triangolo di pelle che splende bianchissimo al bagliore della candela.

Anche Miriam ora si è fermata. Esitando porta la mano libera sul corpetto, nel punto in cui i bottoni sono slacciati e lasciano scoperto il primo, titubante accenno di seno. Lo sguardo del bestione la fa pentire di colpo di quello che le sembrava uno scherzo così innocuo e ben congegnato, e già la punta delle sue dita va armeggiando con asole e bottoni nel vago proposito di richiudere la scollatura; poi però qualcos'altro la induce a cambiare idea, qualcosa che non è in Yossel, ma in lei, o forse in entrambi: una sorta di atterrita curiosità, simile a quella che spinge alcuni a sfidare le vertigini camminando sul ciglio di un precipizio. Adagio, reprimendo il tremore che l'ha assalita, la sua mano scende lungo il corpetto slacciando ancora un bottone, quindi un secondo, quindi un terzo, mentre le labbra, come per dimenticanza, rimangono atteggiate a un sorrisetto ironico che di minuto in minuto si fa più rigido e innaturale e nel cervello le balena con insistenza il pensiero, confortante e insieme angoscioso, che il maestro a quest'ora si è certo addormentato, e qualunque cosa avvenga nessuno se ne accorgerà.

Sorride anche Yossel, con il cuore in gola, vedendo la nascosta magnificenza della principessa manifestarsi sempre più chiaramente di minuto in minuto, seguendo grado per grado lo svelarsi di quella superficie bianca e arcuata divisa proprio al centro da un avvallamento profondo, da una lunga ombra che neppure la candela riesce a dissipare del tutto. Gli tornano alla memoria certi dolci rigonfi, preparati dalla principessa nei giorni di festa, che appena estratti dal forno emanano un irresistibile aroma di zenzero, o le curve delle colline come le vide quella sera guardando di là dal fiume nella luce color ciliegia, lambite dal sole che tramontava dietro il castello della maestà imperiale, o quella sostanza detta "neve" in cui tante volte, lungo il cammino, gli sarebbe piaciuto gettarsi, e sprofondarvi tutto, e immergersi nella sua abbagliante morbidezza senza più curarsi di obbedire ai cenni del maestro. E anche lui, con strana trepidazione, è sfiorato dal pensiero che agita nello stesso istante la mente di Miriam: che il padrone a quest'ora si è certo addormentato, e qualunque cosa avvenga nessuno se ne accorgerà.

XXVII

Anche questa notte il maestro dorme un sonno leggero, attento com'è a cogliere i primi minacciosi scricchiolii della volta celeste. Eppure i pilastri sembrano reggere, anche questa notte, e dal vicolo gli giunge come sempre il silenzio di un'umanità stremata che sugge profondamente le poche ore di riposo. Solo all'alba comincia a levarsi qualche suono, ma sono quelli ben noti di botteghe e laboratori aperti l'uno dopo l'altro per iniziare l'attività quotidiana, dei tappeti battuti alle finestre dalle massaie più mattiniere, dei cigolanti carretti trainati a mano verso il mercato: quanto basta per convincere il maestro che intorno a lui la vita è ricominciata e che presto il velo diurno si stenderà di nuovo nel cielo garantendo l'azzurra limpidezza di un giorno di tregua.

Così si riaddormenta e torna a destarsi poco più tardi, quando le campane delle chiese che circondano il ghetto come un'ostile schiera di sentinelle scandiscono quasi all'unisono sette rintocchi con le loro voci cupe e rimbombanti. Allora si leva a sedere sul letto, con la sensazione precisa e tuttavia inspiegabile che intorno a lui vi sia qualcosa di strano, forse nel vicolo, forse addirittura in casa, sebbene egli non abbia udito alcun fragore di stoviglie infrante, come talvolta succede quando Miriam ha dormito male e sbriga in modo troppo distratto le proprie incombenze mattutine.

E di colpo, il maestro si rende conto che la cosa strana è appunto questa: non un rumore, ma l'assenza di un rumore, di quel discreto, sommesso acciottolio che dovrebbe giungere dalla cucina e al quale oggi si sostituisce invece un silenzio assoluto, quasi che la servetta si fosse voltata dall'altra parte lasciando il padrone a sbrigarsela da sé.

Indispettito, scosta bruscamente le coltri e prima ancora di aver potuto infilare i piedi nelle pantofole si sente assalire da un gelo altrettanto insolito quanto il silenzio che regna in tutte le stanze della casa. Si alza, va verso la cucina e già dalla soglia vede il focolare spento dove nereggiano fredde e desolate le braci di ieri sera. La tavola sparecchiata esibisce senza pudore il suo piano di legno grezzo, le stoviglie si allineano ancora sulla credenza, e dalla porta incomprensibilmente socchiusa una lama d'aria ghiacciata trafigge il vecchio provenendo dal cortile dove i gatti attendono a loro volta la colazione con crescente sfiducia.

Miriam! chiama il maestro, mentre alla collera che lo domina comincia a mescolarsi una sorda apprensione. Ma in quel momento sente bussare alla porta, e dallo spoglio bugigattolo che svolge la funzione di anticamera vede farglisi incontro due dei suoi discepoli: sono venuti a consultarlo, così affermano, su un certo passo della Legge tanto oscuro e tortuoso che la notte prima non hanno chiuso occhio seguitando a rimuginarvi sopra e stamane, levandosi all'alba, hanno deciso di venirne a capo ad ogni costo prima della preghiera.

Il maestro però, contrariamente al solito, non mostra un grande interesse per i loro dubbi di esegeti. C'è tempo, ribatte agitando la mano in un gesto impaziente; la Legge, come sapete, esiste da sempre, da prima ancora che il mondo fosse creato, e dunque potrà ben sopravvivere per qualche minuto senza che noi la soccorriamo con le nostre ingegnose interpretazioni. E chiede loro di aiutarlo piuttosto a trovare la sua serva Miriam che sembra essersi dimenticata di preparare la colazione e persino di accendere il fuoco, come non sfugge agli stessi discepoli costretti a scaldarsi battendo i piedi sul pavimento.

Per prima cosa, seguito dai due visitatori, va a bussare energicamente alla porta dello stanzino dove Miriam dorme, o meglio, dovrebbe dormire, poiché quando infine, non ottenendo risposta, il vecchio si risolve a entrare, scopre che il letto non è stato nemmeno disfatto. Meravigliato, invita i discepoli a entrare anche loro, non per cercare la ragazza (dove mai potrebbe nascondersi, fra quelle quattro mura?) ma solo per condividere con lui, attenuandolo in qualche modo, il senso di incredulità che gli suscita la sua assenza. Come se non bastasse (è sempre il maestro a notarlo: la mente dei discepoli rimane fissa a dispetto di tutto su quel passo controverso delle Sacre Scritture) non vi è traccia della candela che Miriam tiene sempre sul comodino per proteggersi dalle insidie del buio, né del vestito che, se si fosse coricata, avrebbe pur dovuto appendere da qualche parte.

Invano la cercano ancora nello studio, nella dispensa, nelle poche altre stanze di cui è composta la casa, salendo e scendendo affannosamente le scale, tornando a ispezionare più volte gli stessi luoghi, chinandosi a guardare sotto i letti e aprendo persino le ante degli armadi; allora il maestro si ricorda di aver trovato socchiusa la porta della cucina ed esce in cortile, ma in cortile non c'è nessuno, nemmeno i gatti randagi che nel frattempo hanno pensato bene di trasferirsi presso qualche vicino più ospitale.

Non resta che la soffitta. Quando posa il piede sul primo gradino della scala a chiocciola il maestro è afferrato da un tremito così evidente da indurre i suoi premurosi discepoli ad accorrere per sorreggerlo. Lui però li respinge: poiché deve salire quella scala, lo farà da solo e senza alcun aiuto; gli altri si limitino a seguirlo, se vogliono, oppure rimangano nel cortile. E i discepoli lo seguono a distanza rispettando il grave, teso silenzio con cui il maestro supera l'uno dopo l'altro, come assorto a contarli mentalmente, gli stretti gradini di legno.

Quando giungono a loro volta sul ballatoio lo vedono davanti alla porta della soffitta, le scarne dita nodose strette intorno alla maniglia. Pare che non trovi il coraggio di abbassarla, ma sentendo dietro di sé il passo zelante dei discepoli si fa forza e apre finalmente la porta, spalancandola tutta, in modo che la luce del giorno lo preceda nella stanza con il suo raggio crudo.

Ora sono in tre sulla soglia, il maestro al centro, ai due lati i discepoli che nel guardare dentro appoggiano quasi il mento sulle sue spalle, e dalla soglia vedono Yossel seduto contro la parete di fondo, le mani sollevate davanti al volto come per nasconderlo o per proteggersi dal sole. Accanto a lui, sul pavimento, è distesa Miriam, se "distesa" è proprio il termine esatto: il suo corpo ha assunto una posizione rigida e contorta che non fa certo pensare all'abbandono del sonno, ma a qualcos'altro, cui da principio i tre si rifiutano in cuor loro di dare un nome.

Il maestro è il primo a entrare, costringendo le gambe malferme a quel severo incedere che ci si aspetta da loro. Dalla soglia i discepoli lo vedono chinarsi su Miriam, poi, con gesti lenti e precisi come nella celebrazione di un rituale, rassettarle la gonna stendendola con cura fino alle caviglie, chiudere ad uno ad uno i bottoni del corpetto slacciato. Nel compiere tutto questo, neppure una volta guarda verso Yossel che seguita a tenere le mani davanti al viso, in un atteggiamento non meno rigido di quello della ragazza, e sembra ignorare sia la presenza di qualcun altro nella soffitta, sia i quattro occhi che lo fissano dalla soglia con inorridita durezza. Solo quando il maestro passa le dita tra i capelli della principessa per ravviarne la massa scarmigliata Yossel abbassa infine le mani, lentamente, volgendo verso di lui i palmi rossi di sangue, e i discepoli a quella vista si ritraggono con un gesto di esecrazione, mentre il vecchio rimane immobile sostenendo lo sguardo attonito e disperato della sua creatura.

XXVIII

Vi ringrazio, miei irati discepoli, di aver saputo trattenere lo sdegno che vi pervade e avermi consentito di raccogliermi per qualche tempo in solitudine. Ho indugiato a lungo davanti al letto dove è stato composto il corpo di colei che chiamavamo Miriam, senza distogliere gli occhi dallo strazio delle ferite, anzi, costringendomi a osservarle con minuziosa attenzione, a imprimerle nella mente una per una, e intanto ripensavo alle vostre parole e mi pareva di udirle ripetute con tanta più forza da quelle sue labbra bianche, non più increspate dal minimo respiro.

È vero: il sangue non può essere versato impunemente, e come alcuni di voi hanno provveduto a ricordarmi, la Legge stabilisce in termini categorici che l'uomo colpevole di aver ucciso un proprio simile deve perire a sua volta, con ferrea simmetria. Perciò, dite voi, anche Yossel deve perire, se è davvero un uomo, avendo trasgredito un comandamento del Signore; se invece non lo è, ragion di più per sbarazzarsi senza eccessivi scrupoli di una creatura così pericolosa, allo stesso modo in cui si sopprimerebbe un toro inferocito o un cane che contagiato dalla rabbia avesse morso a tradimento la mano del padrone.

Vi confesso che oggi sono troppo turbato per poter afferrare del tutto i vostri argomenti. Se Yossel sia un uomo oppure no, nemmeno io saprei stabilirlo, ma qualunque cosa sia vorrebbe certo continuare ad esserlo (ve lo direbbe lui stesso, se fosse in grado di parlare), vorrebbe continuare a vivere proprio come lo vogliamo voi e io e... sì, avete ragione, come anche Miriam avrebbe voluto continuare a vivere, mentre ora sarà sepolta nel cimitero del ghetto tra le lapidi sghembe, e i giorni che dovevano appartenerle trascorreranno l'uno dopo l'altro senza di lei. E se ora tentassi di spiegarvi che Yossel, privandola di quei giorni, ha agito in piena innocenza, forse rifiutereste persino di ascoltarmi, sebbene sappiate perfettamente dove finisca la sua colpa e dove incominci la mia.

Tutto ciò, badate, non lo dico per respingere la vendetta che tanto vi sta a cuore e che anch'io sento di dover concedere, non a voi, ma a quel corpo adagiato sul letto. Ho riflettuto a lungo, prima di venire qui a darvi la mia risposta; mi sono immerso in una meditazione tormentosa cercando sostegno nelle pagine della Legge, finché la meditazione si è mutata in preghiera, la preghiera in visione celeste. Sì, miei buoni discepoli: il Santo, sia Egli benedetto, è voluto intervenire personalmente per troncare le mie esitazioni mostrandomi come si deliberi lassù, dove sono pronunciate le sentenze di un'infallibile giustizia. Un attimo prima si chiudevano ancora attorno a me le pareti del mio studio (mi ero ritirato lì dentro, tanto mi riusciva ormai insopportabile la vista della povera Miriam), e un attimo dopo eccomi ai piedi del trono glorioso, raggiunto dal riverbero di quella luce che nessun mortale può contemplare.

Alti seggi erano schierati in due file ai lati del trono, simili alle scranne sulle quali da noi siedono i magistrati, ma solo come l'astro del giorno può dirsi simile a una candela, poiché il loro fulgore d'oro e di gemme era tale da sfidare ogni umano paragone.

Due schiere di creature celesti sedevano dunque su questi seggi, osservando i mondi estesi in processione infinita ai piedi del trono, ed erano così disposte, che gli angeli del rigore si trovavano alla sinistra del Santo, sia Egli benedetto, mentre gli angeli della misericordia stavano alla sua destra, circonfusi di un bagliore più mite in cui il mio sguardo si rifugiò cercando sollievo dal corrusco fiammeggiare degli altri.

Ero intento ad ammirarli, quando a un tratto udii risonare un nome che mi parve il mio, e d'istinto mi feci piccolo, e levai le mani per nascondere il viso. Non so dire chi lo pronunciasse per primo, forse uno degli angeli di sinistra, forse uno di destra, o forse nessuno: lassù infatti le parole godono di una libertà del tutto sconosciuta su questa terra e da sole, non costrette nella prigione di un corpo, possono vagare a loro piacere per gli spazi siderei rimbalzando qua e là, proprio come fa la luce, echeggiando elusive da ogni direzione e ingannando, se non l'orecchio esercitato degli angeli, almeno quello di creature più inesperte che abbiano la ventura di ascoltarle. Quanto mi sento di affermare con sicurezza è che appena il nome risonò dinanzi al trono gli angeli del rigore se ne impadronirono immediatamente per ripeterlo a gran voce, e allora mi accorsi che era il nome di Yossel, non il mio, quello che scandivano in tono di compiaciuta severità; gli stessi argomenti, le stesse accuse inesorabili che avevo udito poco prima dalle vostre labbra, adesso erano quegli angeli a formularli con grande strepito al cospetto del Santo, e lampeggiavano di sdegno, e scotevano la volta celeste di un tremito furioso.

Voi lo sapete, il loro ufficio è appunto accusare l'uomo davanti al Signore, additare al Signore con insistenza le colpe di cui si è macchiato, mentre agli angeli di destra tocca difenderlo meglio che possono esortando l'Altissimo a usargli clemenza, ed è il loro, quello dei misericordiosi, il compito più necessario, poiché il mondo stesso fu edificato sul fondamento della misericordia, senza la quale non potrebbe sussistere per un solo istante. Eppure adesso gli angeli seduti a destra, invece di perorare come avrebbero dovuto la causa di Yossel, tacevano confusi, a capo chino, o replicavano alle requisitorie degli avversari con pallide obiezioni che subito si perdevano soverchiate da quel frastuono. Alcuni si stringevano nelle spalle, quasi a declinare ogni responsabilità in un caso tanto disperato; altri invece, con il volto tra le mani, piangevano lacrime di compassione, quelle lacrime che placano l'arsura della terra cadendo sotto forma di rugiada o pioggia sottile, e piansi anch'io, nel contemplarli, mentre gli angeli del rigore trionfavano e decretavano a Yossel il più duro tra i castighi.

Poi, per significarmi che avevo veduto abbastanza, mi fu steso davanti agli occhi un velo di oscurità, e quando il velo tornò a sollevarsi, ecco di nuovo attorno a me le pareti del mio studio. Non avevo più bisogno di riflettere né di indagare le intricate prescrizioni della Legge: tutto mi era stato mostrato, e come mi è stato mostrato ora ve lo riferisco rimettendovi nelle mani la sorte del mio servo Yossel. Lasciate che viva ancora per questa notte, lasciate che dorma in pace nella soffitta dove l'avete rinchiuso. Domani, se così dev'essere, sfilerò dalla sua bocca il cartiglio con il nome e restituirò il suo corpo alla polvere dalla quale lo trassi.

XXIX

Da quando hanno portato via la principessa Yossel non ha mai distolto lo sguardo dall'uscio serrato della soffitta. Non che si aspetti di vederla tornare, di udirne di nuovo i passi sugli scalini scricchiolanti: si rende conto che non è più in grado di muoversi, lo ha compreso la notte scorsa osservandola mentre gli giaceva accanto, rigida e chiusa in se stessa come i topi che egli lasciava cadere a terra dopo averli trattenuti troppo a lungo nel pugno. Come con i topi, dapprima aveva tentato di strapparla a quell'inquietante immobilità, accarezzandola, scrollandola delicatamente per le spalle, ma tutti i suoi sforzi erano stati inutili, e nell'allontanare la mano l'aveva scoperta umida e appiccicosa, macchiata di un rosso intenso del quale ignorava l'origine e che pure destava in lui un inspiegabile orrore.

Forse la principessa poteva dirgli cos'era, di dove veniva tutto quel rosso, e per richiamare la sua attenzione Yossel le aveva agitato le dita proprio davanti agli occhi, ma gli occhi rimanevano ostinatamente fissi sulla ragnatela che pendeva da una trave del soffitto, finché egli seppe che non avrebbe avuto risposta. Di colpo, proprio mentre giocavano così bene, si era creata fra loro un'estraneità assoluta, la principessa aveva smesso improvvisamente di ridere, di gridare, di dibattersi nella stretta sempre più forte delle sue braccia, e da allora fu come se a quella figura così familiare si fosse sostituito un ignoto, austero personaggio con cui gli risultava impossibile stabilire qualunque genere di relazione. Mai si era sentito così respinto, da nessuno: neppure dai discepoli del maestro che almeno ricambiavano il suo sguardo, mentre la principessa non lo guardava più, assorta com'era in quella nuova freddezza che le sbiancava addirittura le guance e le contraeva le labbra in una smorfia altezzosa.

Yossel non capiva. Intuiva però che qualcosa era andato perduto per sempre, non solo i giochi, non solo i pomeriggi trascorsi in silenziosa confidenza accanto al focolare, ma quello splendore nascosto di cui per un attimo aveva avuto la rivelazione e che ora si era spento, lasciandolo solo e senza aiuto nella livida oscurità della soffitta. Neppure suo padre la riconoscerebbe se ora venisse a cercarla per ricondurla finalmente al palazzo, e il banchetto di riconciliazione, quando mai potrà celebrarsi se la principessa non è più lei e Yossel non riesce a trovare il modo di richiamarla indietro da quest'abissale diversità in cui si è smarrita?

Perciò, per aver spinto chissà come la principessa a sottrarre loro la propria magnificenza, ha suscitato la collera degli uomini. Se ne è reso conto quando attraverso le dita socchiuse ha visto il maestro chinarsi su di lei, senza neppure scrollarla o agitarle le mani davanti agli occhi, quasi sapesse già che la situazione era troppo grave perché si potesse sperare di aggiustarla con rimedi così semplici, che la colpa di Yossel, qualunque fosse, era troppo profonda per consentire il perdono. Poiché la colpa è sua, non c'è dubbio: Yossel l'ha letto immediatamente nello sguardo dei due discepoli che lo fissavano dalla soglia, le pupille dilatate, dimenticandosi persino di inarcare le sopracciglia come loro abitudine.

Da allora non soltanto la principessa, ma tutti gli uomini gli sono nemici. Perciò si sente assalire da un brivido quando ode il cigolio della chiave che gira adagio nella serratura. Non è lei, lei non può ritornare: è qualcuno venuto a punirlo, e Yossel dapprima indietreggia verso il fondo della soffitta, cercando rifugio in quel nido di tenebra, poi però avanza risoluto verso la porta, come un condannato ansioso di sottrarsi al rimorso porgendo il collo alla scure del carnefice.

Yossel, dice il maestro, mentre lui si scansa con un moto di sorpresa alla vista del suo volto affranto che pure mostra ancora l'impronta inconfondibile della benevolenza. Non temere, Yossel, non vengo a farti del male: anche se tutti, dai miei discepoli sino alle schiere celesti, reclamano vendetta per il sangue innocente che hai versato, non riesco a crederti meritevole di un tale castigo. Quando il Santo, sia Egli benedetto, creò gli animali della terra, pose tra loro la pantera e il leone dotandoli di artigli e di zanne affilate, ma accanto ad essi creò Behemot, la belva gigantesca, in modo che gli altri predatori, nell'udire il suo ruggito, fossero colti dallo sgomento, e imparassero a conoscere il limite e la misura, e si guardassero dallo sterminare del tutto le specie più deboli. Così tra i volatili creò l'aquila e lo sparviero, ma sopra di essi pose l'uccello Ziz, il cui capo arriva a sfiorare il cielo, affinché li tenesse in rispetto atterrendoli con il battito delle sue ali; così sopra le balene e gli squali pose la mole immensa del Leviatano, dalle cui nari spira un alito tanto caldo che il mare ne ribolle, e allora anche i pesci più grossi perdono l'appetito e si lasciano sfuggire le prede consentendo loro di vivere e di moltiplicarsi.

In tal modo, capisci, per ciascuna delle sue creature il Santo stabilì un contrappeso, affinché non acquistasse sulle altre un potere senza freni e non osasse superare i confini che le sono stati assegnati sin dall'inizio dei tempi. Ma per te, mio povero Yossel, quale confine fu mai tracciato? Chi fu chiamato a insegnarti il limite e la misura, a contenere la tua forza prima che si muti in distruzione? Un creatore maldestro ti pose in questo mondo violando inconsapevolmente l'equilibrio sul quale si fonda il suo ordine, e a ben vedere le schiere adirate degli angeli dovrebbero reclamare contro di lui dinanzi al trono glorioso, contro di lui i discepoli dovrebbero invocare vendetta.

Yossel lo guarda perplesso. Non ha afferrato molto delle sue parole, solo l'accenno al sangue che egli avrebbe versato e alla legge di terrore e reciproca sopraffazione sulla quale, stando al maestro, si fonderebbe stranamente l'equilibrio del mondo. Se potesse parlare gli direbbe che anche lui conosce il terrore, non c'è bisogno che qualcuno venga a insegnarglielo: l'ha provato la notte scorsa mentre vegliava accanto a quel corpo esile e minuto eppure più spaventoso di Behemot, del Leviatano, dell'uccello Ziz il cui capo arriva a sfiorare il cielo. Invece si limita a guardarlo tristemente, finché negli occhi del maestro, proprio sugli angoli, spuntano piccole gocce che al lume delle candele brillano di un bagliore opalino, e il vecchio distoglie il viso nascondendolo nell'ombra.

Per tutta la sera sono rimasto nello studio, solo, prigioniero dei rimorsi come tu di queste pareti di legno, mentre da labbra invisibili, frementi di un corruccio eterno, udivo echeggiare in continuazione una parola senza poter stabilire se fosse il tuo nome oppure il mio, e sebbene pensassi a te con assiduità tormentosa, non osavo raggiungerti infrangendo il divieto che io stesso mi ero imposto. Adesso però è mezzanotte, l'ora in cui gli angeli accusatori ammutoliscono e la clemenza si riversa sul mondo. A quest'ora il Santo, sia Egli benedetto, scende ogni notte nel giardino dell'Eden, sveglia il suo amico Abramo scotendolo gentilmente per una spalla, e a lungo siede con lui a conversare e a commentare le pagine della Legge. Vieni dunque: approfittiamo di quest'ora, quando a ogni cosa è restituita la sua innocenza, prima che la misericordia svanisca e gli angeli del rigore tornino a levare la voce.

Così dice il vecchio, e poiché Yossel rimane immobile tende una mano verso di lui. È un gesto incerto, timoroso, e anche Yossel si ritrae leggermente come per sfuggirgli, poi però lascia che il maestro gli prenda la mano e la stringa in una presa dapprima riluttante, quindi sempre più salda e decisa. Non si erano mai sfiorati, sino a questo momento, il creatore aveva sempre schivato ogni contatto con la propria creatura; ma ora, a mezzanotte, mentre la misericordia spiega le ali sul mondo, le loro mani riposano per un attimo l'una nell'altra come saggiandosi a vicenda, e di nuovo quelle piccole gocce illuminano fuggevolmente gli occhi del maestro. Poi, con dolcezza, il vecchio trascina Yossel per la mano guidandolo oltre la soglia, verso la ripida, buia scala che scende in cortile.

XXX

Corre voce tra gli abitanti del ghetto che sotto le loro strade si dipani un altro, occulto reticolo, un intreccio di gallerie scavate di secolo in secolo a collegare le cantine delle case per poi proseguire oltre le mura attraversando segretamente i quartieri abitati dai gentili e sboccando altrettanto segretamente sulla riva del fiume, in un punto quasi ai confini con la campagna dove in effetti si possono scorgere qua e là frasche e sterpaglie addossate all'argine senza alcun motivo palese.

Il maestro non si era mai curato di appurare quanto simili voci fossero fondate: quelli in cui vive sono tempi relativamente tranquilli, di mite, tollerabile oppressione, e ben di rado costringono i figli d'Israele a lasciare di nascosto le loro dimore per sottrarsi alla violenza delle guardie o dei soldati. Ora però, mentre seguito da Yossel attraversa il cortile camminando rasente ai muri, tutto ciò gli torna alla memoria e lo induce a scendere in cantina per vedere se oltre quelle basse volte di pietra non si apra una via di fuga che gli consenta di mettere in salvo la propria creatura senza correre il rischio di essere scoperto né dagli occhiuti discepoli accampati in cucina, né dalle sentinelle disposte tutt'intorno alla sinagoga dall'ostinata bramosia del sovrano.

Eccolo dunque tastare le nude pareti, spostare con l'aiuto di Yossel mobili e masserizie accumulati lì dentro da generazioni di predecessori, alla ricerca di un'apertura più grande e praticabile di quelle che i topi hanno scavato con le loro zampette pazienti. E la trova davvero, non senza meraviglia: nascosta finora dalla mole fatiscente di un armadio, spicca nera e polverosa sulla parete di fondo, e quando vi accosta il lume il maestro scopre un lungo cunicolo che si insinua nella terra. È abbastanza alto perché egli vi possa camminare eretto, sfiorando appena con la testa la volta umida e bruna; Yossel invece deve piegarsi su se stesso e procedere a schiena curva, nell'atteggiamento di un cortigiano impegnato in un'eterna reverenza, ma per lui che proviene dalla terra è un conforto sentirsela di nuovo intorno, aspirare quell'odore del quale non serbava alcuna memoria cosciente e che pure gli riesce dolce e familiare come a ogni uomo l'odore inconfondibile di casa sua. E assapora con tale avidità quella stagnante atmosfera, che proprio non capisce per quale motivo il maestro tossisca in continuazione, quasi faticasse a respirare, e di tanto in tanto si porti la mano alla bocca o debba addirittura fermarsi a riprendere fiato.

Lungo e tortuoso, pervaso di una polvere centenaria, il cunicolo si snoda serpeggiando tra le fondamenta degli edifici. L'uniformità dei muri di terra battuta che lo fiancheggiano è interrotta ora da un pilastro, ora da un uscio la cui serratura è sepolta sotto una spessa incrostazione di ruggine, ora da un tramezzo attraverso il quale, dalle fessure che si aprono fra asse e asse, si può scorgere l'interno di una cantina dove i mobili in disuso si ergono come fantasmi desolati, in un muto, assorto conciliabolo solo fuggevolmente disturbato dal raggio indiscreto del lume. Qua e là, da una rientranza, partono i primi gradini di una scala cieca, o un rettangolo di chiodi dalla capocchia corrosa segnala nella volta la presenza di una botola che mai nessuno apre. Accade talora che il maestro, seguito fiduciosamente da Yossel, abbandoni la galleria principale e imbocchi una delle ingannevoli diramazioni che se ne dipartono per concludersi dopo qualche metro; allora deve ritornare sui propri passi, mentre cresce in lui il timore di smarrirsi in quell'intrico sotterraneo.

Ma non è l'unico timore che assilla durante il tragitto la sua mente disorientata: ad inquietarlo è soprattutto il sentirsi incombere addosso l'ombra nera e gigantesca di Yossel che gli cammina alle spalle respirando rumorosamente l'aria greve della galleria. Per la prima volta si trova davvero solo, senza possibilità di essere raggiunto da alcun soccorso, con colui che finora aveva avuto la presunzione di considerare il suo servo e che a un tratto gli appare invece come un'entità selvaggia e ingovernabile, dominata da impulsi dei quali egli non è neppure in grado di farsi un'idea.

Quando l'aveva afferrata nella sua la mano di Yossel gli era sembrata asciutta, ma poi, raggiunta dal bagliore del lume, aveva svelato ancora piccole chiazze rosse e l'immagine di quel corpo straziato era tornata a delinearsi nitida nella mente del maestro. Lo accompagna anche ora, balenandogli dinanzi agli occhi a ogni svolta della galleria, e il maestro si domanda se dopo tutto non avessero ragione i suoi discepoli a far proprio con tanta determinazione il giudizio degli angeli accusatori, se quella creatura senza freni, incapace di distinguere il bene dal male secondo criteri di umana assennatezza, non andasse restituita davvero alla polvere dalla quale incautamente egli l'aveva tratta.

Potrebbe farlo anche adesso: potrebbe volgersi verso

Yossel e con un gesto rapido sfilare il cartiglio, di più non occorre per distruggerlo, e lui non si ribellerebbe di certo, docile com'è, anzi, a un suo ordine spalancherebbe addirittura la bocca facilitandogli il compito. Ma è proprio questa docilità a disarmare il maestro. Metro dopo metro, curva dopo curva, i passi di Yossel fanno eco ai suoi sotto la bassa volta del cunicolo, e quale infantile fiducia si esprime in quei passi, quale cieco consegnarsi alla volontà del padrone nella certezza che lui agirà per il meglio e lo condurrà in salvo, lontano da ogni pericolo.

Così, tra orrore e compassione, il vecchio prosegue il suo cammino esitante e se talora, spinto da una risoluzione improvvisa, si volge di scatto verso Yossel, negli occhi grigi incontra sempre quello sguardo che dice: "Eccomi!", con pronta obbedienza, come Abramo quando udì il comando del suo Signore.

Così proseguono insieme, mentre la galleria si restringe sempre più. Ora l'uniformità delle pareti di terra non è mai interrotta da una porta o da un tramezzo, segno che il ghetto è ormai alle loro spalle e che là sopra, ignari di quell'oscura via di fuga, si stendono i quartieri abitati dai gentili. Forse proprio adesso stanno passando sotto il pavimento a mosaico di una chiesa, o sotto il selciato di una piazza, o sotto uno dei verdeggianti giardini che si schiudono come per miracolo nella massa petrosa della città: ogni congettura è possibile, poiché il maestro ha perso quasi del tutto l'orientamento e non saprebbe dire da quanto tempo vaghi per i cunicoli con quella creatura mostruosa e devota che lo segue a capo chino avvolgendolo nella sua ombra.

A un tratto però li raggiunge un suono che sulle prime il maestro non riesce a riconoscere, deformato com'è dallo spesso strato di terra. Lo si distingue a stento dal silenzio, tanto è debole e sommesso, e mentre tende l'orecchio per catturarlo il vecchio non può fare a meno di pensare al sussurro sottile nel quale il Signore si manifestò al profeta Elia. Poi, man mano che procedono, il sussurro diviene vento e il vento una sorta di boato, come se una tempesta si fosse scatenata laggiù, nel quieto grembo della terra, o come se un esercito innumerevole corresse al galoppo a breve distanza da loro: e in quel boato egli riconosce infine la voce fragorosa del fiume e comprende che presto, molto presto, potrà respirare di nuovo la pura aria notturna.

Avanza a passi veloci nel cunicolo guardandosi intorno con attenzione, tastando le pareti in cerca di un varco che li riconduca all'aperto, e quando lo trova scosta impaziente il fragile schermo di sterpi da cui è mascherato; quindi sguscia fuori con la fretta affannosa di un fuggiasco, e solo dopo qualche istante si ricorda di volgersi indietro per accertarsi che Yossel l'abbia seguito.

Lo vede indugiare allo sbocco della galleria, quasi che un'istintiva riluttanza gli impedisse di lasciare quella tenebra odorosa di terra. Ma a un suo cenno raggiunge a malincuore il maestro e si ferma accanto a lui, osservando il ribollire del fiume che batte incalzante contro l'erto bastione d'argilla.

Qui ti ho preso, Yossel, proprio in questo punto, dice il vecchio posando su di lui uno sguardo fermo, e qui ora ti lascio, affinché tu percorra in solitudine la tua strada come Caino quando ebbe versato il sangue innocente del fratello. Non seguirmi, non bussare alla mia porta: anche se volessi, non potrei toglierti questa tremenda libertà che ti sei conquistata.

Yossel non osserva più il fiume. Ora i suoi occhi increduli, supplichevoli, sono fissi in quelli del maestro che tace a lungo, incapacc di continuare.

Va' per la tua strada, Yossel, dice infine disegnando

nell'aria un gesto lento e solenne, e sappi che avrai sempre con te la benedizione del tuo creatore. Tu però tieniti lontano dagli uomini, te lo ordino: fa' che io non debba mai pentirmi di averti usato clemenza.

E quando il vecchio si scosta da lui con un moto brusco e prende a risalire l'argine del fiume Yossel prova l'impulso di seguirlo, ma si trattiene, piegandosi per l'ultima volta alla volontà del suo padrone; così, dopo una breve titubanza, si vieta di tornare a rifugiarsi nell'oscurità del cunicolo, che è benigna e allettante, però non è la strada di Caino, quell'impervia, tremenda strada di libertà dove ormai gli toccherà camminare.

Attraverso l'umida nebbia che gli vela lo sguardo vede il maestro allontanarsi lungo la riva e poi scomparire del tutto, inghiottito dal profilo della città. Allora sale anch'egli sull'argine, e quando è arrivato in cima si avvia a passi incerti per la strada silenziosa.

XXXI

La città dorme ancora, in una quiete spezzata solo a tratti dai cupi rintocchi delle campane cui fanno eco le voci dei guardiani notturni annunciando a chiunque abbia il sonno abbastanza leggero da sentirli che tutto va bene, che le ore si susseguono senza incidenti degni di nota, e che nulla vieta di girarsi dall'altra parte per riprendere a dormire. Poi anche quelle voci si spengono, risucchiate dalla lunga risacca della notte, e un silenzio imperturbato torna a stendersi sulle vie.

Nessuno è in allarme, nessuno ha ancora potuto scorgere la figura che da qualche tempo vaga in riva al fiume proiettando sugli edifici la sua ombra smisurata. Non se ne avvedono neppure coloro che abitano in quelle case; nel dormiveglia, hanno soltanto la fuggevole impressione di un infittirsi delle tenebre, come se un'ala nerissima sfiorasse per un istante le loro finestre oscurando la luna, cancellando il remoto lucichio delle stelle, per poi sollevarsi e volare altrove. Allora si rannicchiano sotto le coltri, senza attribuire a una causa diversa dal gelo notturno il brivido che li ha attraversati improvvisamente da capo a piedi.

Le ore trascorrono e tutto va bene. Una comitiva di nottambuli, mentre di ritorno dall'osteria percorre i vicoli aggrovigliati intorno alla piazza del municipio, si imbatte in un uomo singolarmente grande e massiccio che bevitori meno esperti scambierebbero forse per un gigante: effetto, inutile dirlo, della birra che questa notte scorreva senza risparmio nei bicchieri e se infondeva all'anima un'euforia piacevolissima, in compenso distorceva le proporzioni, deformava l'aspetto delle cose, tanto da rendere difficile indovinare l'esatta collocazione della porta e da tramutare in leone persino il pacifico gatto acciambellato in grembo all'ostessa. Così passano oltre, con la spavalderia degli ubriachi, limitandosi a lanciare a quell'uomo uno sguardo di sottecchi, ma ciascuno si ripromette in cuor suo di moderarsi un poco la prossima volta, perché la birra può fare davvero strani scherzi.

Tutto va bene, le campane scandiscono cinque rintocchi, ed è quell'ora greve, sospesa tra notte e giorno, in cui la vita sembra defluire dal mondo, ma la grande, massiccia figura seguita a vagare per la città, esitando a ogni incrocio, tornando spesso sui propri passi come chi abbia smarrito la strada, e appena il guardiano la discerne in lontananza il suo grido fiducioso si spegne nella gola. Rimane immobile finché la vede scomparire dietro un angolo, senza capire perché l'incontro con quell'uomo gli abbia ispirato un terrore così violento e perché ancora adesso le gambe si rifiutino di obbedirgli quando tenta di muoversi per continuare la sua ronda.

Sei rintocchi: la notte comincia a stemperarsi nel grigio dell'alba, i primi incerti sbuffi di fumo si levano dai comignoli intorbidando il cielo. È l'ora in cui ortolani, pollivendoli, contadini speranzosi di collocare i frutti della loro fatica, si dirigono al mercato percorrendo le vie ancora deserte su lenti carri trainati da buoi o da cavalli. Oggi però i cavalli sgroppano inquieti, i buoi tentano di scrollarsi il giogo dal collo con veemenza tanto maggiore quanto più, stimolati dalla frusta, sono costretti a inoltrarsi nel cuore della città.

Spesso girano il muso di scatto come se avessero scorto o avvertito qualcosa dietro una curva, nell'ombra di un portico, sul margine della strada dove non arriva la luce; allora anche i conducenti guardano in quella direzione, ma non vedono nulla, e indispettiti tornano a calare la frusta sulle groppe dei loro animali.

Sette rintocchi e tutto va bene, come Dio vuole sono riusciti a raggiungere la piazza del mercato e stanno disponendo la merce sui banchi: la più bella e invitante in prima fila, l'altra un po' nascosta, in modo da non guastare l'effetto. Clienti non ne vengono ancora, è troppo presto; però un pollivendolo intento a scaricare dal carro le sue ceste di uova a un tratto, con la coda dell'occhio, vede qualcuno avanzare da uno dei vicoli laterali, e ad ogni buon conto si volta sorridendo verso di lui. Un istante dopo lo si ode gridare, e la cesta gli sfugge dalle mani. Gli altri accorrono, calpestando nella fretta i gusci rotti, mentre il pollivendolo seguita a guardare verso il vicolo con un'espressione in cui non vi è più traccia di sorriso.

Ora possono vederlo anche loro, l'uomo grande e massiccio che avanza a passi irresoluti in direzione della piazza, e appena lo vedono si sentono assalire da quello stesso terrore che aveva ammutolito il guardiano notturno, da quel cieco impulso di fuga che aveva reso così indocili buoi e cavalli. Arretrano tutti, immediatamente, stringendosi l'uno all'altro. Neppure quando l'uomo si accosta ai banchi più vicini e allunga le mani tozze per prendere qua una mela, là un filone di pane, trovano il coraggio di farsi avanti; rimangono a osservarlo atterriti mentre quello divora tranquillamente un'intera fila di salsicce e poi, non contento, si impadronisce di una coscia di vitello che addenta così com'è, cruda e sanguinante, per gettarla via dopo qualche morso con un gesto che forse è di disgusto, forse di semplice sazietà.

Non è un uomo, pensano in molti, ignorando di affrontare una questione tanto dibattuta entro le mura del ghetto. E questo pensiero, se da un lato li consola di dover cedere senza compenso le loro merci (come quando un lupo assalta il gregge, o una volpe riesce a intrufolarsi nel pollaio a dispetto di ogni precauzione), dall'altro accresce a tal segno il loro sgomento che i volti impallidiscono, le ginocchia si piegano e un lungo gemito sfugge dalle bocche tremanti.

Dopo un attimo non c'è più nessuno sulla piazza: solo quella grande, massiccia figura che continua a vagare tra i banchi abbandonati portandovi lo scompiglio, rovinando la merce con il tocco maldestro delle sue mani, mentre i buoi e i cavalli legati presso i carri si scansano più che possono quando egli passa loro accanto, e muggiscono e nitriscono così disperatamente da richiamare ben presto alle finestre tutti gli abitanti delle case intorno. Le imposte si spalancano ad una ad una, facce assonnate si sporgono a guardare di sotto, e l'uomo leva a sua volta su di loro uno sguardo stupito.

Otto rintocchi, intanto, echeggiano fragorosi dal vicino campanile, ma nessuno si sentirebbe di affermare che tutto va bene, come nessuno oserebbe uscire di casa, sebbene il sole sia ormai alto e con il suo perentorio chiarore rammenti le molte incombenze della giornata. Rimangono lì, alla finestra, a osservare quella figura con un misto di curiosità e strano raccapriccio, poiché prima ancora delle sue dimensioni fuori dell'ordinario, a incutere timore è qualcos'altro, qualcosa di più indefinibile: l'impressione che quel corpo sia composto non di carne, ma di una materia greve e polverosa cui nemmeno la luce del mattino riesce a togliere completamente l'opacità. E nelle sue vene scorrerà davvero il sangue, sarà davvero vita l'energia che lo sostiene? Certo, domande simili sembrano assurde, eppure gli spettatori non possono evitare di porsele vedendo con quale impacciata pesantezza si muova quella creatura. Nessun uomo, neanche il più goffo, si muoverebbe così, come se per farlo dovesse strappare ogni volta le sue membra a un'inerzia connaturata nella quale a ogni istante sembrano sul punto di risprofondare.

Guardate con quanta fatica solleva le braccia, quasi le staccasse a viva forza dal tronco; guardate come deve lottare contro la rigidità delle ginocchia a ognuno di quei suoi passi lenti che fanno vibrare il selciato. È una vibrazione sorda, spaventevole, che si trasmette ai muri delle case e sale a raggiungerli fin nelle loro stanze dove le lampade oscillano leggermente e i vetri tintinnano nelle impiombature. A tali scosse i bambini corrono a nascondersi tra le sottane delle madri; poi, quando l'uomo si ferma, tornano ad affacciarsi, e i più arditi tentano persino di richiamare la sua attenzione bersagliandolo con la mollica di pane o rovesciandogli addosso catini colmi d'acqua. Se il tiro riesce anche gli adulti si uniscono alle loro risate, tanto più convinte quanto più forte è la paura che li domina. Allora la figura nella piazza li fissa con aria interrogativa, e non si cura nemmeno di asciugarsi o di scrollare via le briciole.

Né la paura né quegli allegri diversivi impediscono però agli abitanti di domandarsi con crescente indignazione cosa stiano facendo le autorità. Dormono ancora, per caso? Ormai sono le nove, e la situazione non accenna a migliorare. Forse che un cittadino onesto, un fedele suddito della maestà imperiale, deve ritrovarsi assediato in casa propria senza che le guardie muovano un dito per liberarlo?

E infatti, come evocate da quelle lamentele, o più semplicemente avvertite dai venditori che sperano di poter salvare qualcosa delle loro mercanzie, di lì a poco ecco arrivare le guardie. In drappelli serrati, quasi dovessero affrontare un'intera schiera di nemici, irrompono contemporaneamente dai quattro lati della piazza, ma appena scorgono l'uomo si fermano di colpo, e qualcuno teme persino di vederle tornare indietro; invece dopo qualche istante riprendono ad avanzare stringendolo a poco a poco nel cerchio delle loro lance protese.

L'uomo non cerca di fuggire: resta immobile al centro della piazza facendo scorrere lo sguardo all'intorno, e la gente affacciata alle finestre ha l'impressione che non si renda conto di essere proprio lui l'obiettivo di quella lenta avanzata. Alcuni ridono, altri provano un'effimera pietà che li spinge a distogliere gli occhi quando le punte delle lance giungono quasi a toccargli il petto e la schiena. Ma le lance non lo colpiscono, non lo sfiorano neppure: si limitano ad accerchiarlo, librandosi a poche spanne dal suo corpo come uno stormo di dubbiosi rapaci.

È l'uomo a spostarsi per primo avviandosi adagio verso un lato della piazza, e le guardie si spostano con lui attente a tenerlo imprigionato nel loro cerchio. Sempre senza toccarlo, lo guidano abilmente verso una strada che conduce diritta sino alla riva del fiume, mentre gli osservatori si sporgono sui davanzali per seguire la loro marcia bizzarra.

XXXII

Quando sente aprirsi la porta della cella Yossel si riscuote bruscamente. Per un attimo pensa di trovarsi ancora nella sua soffitta, tra le bestiole benevole e le lunghe trame d'argento delle ragnatele, e che il maestro sia venuto a svegliarlo per affidargli una mansione o per raccontargli una di quelle affascinanti storie popolate di angeli e principesse; ma appena solleva le palpebre riconosce i neri occhi fissi nei suoi, e il luccichio del cerchio d'oro, e il panno azzurro drappeggiato intorno alle spalle. Impaurito si ritrae rannicchiandosi tutto contro la parete di fondo, l'altro però dice: Yossel, con dolcezza, nello stesso tono in cui tanto spesso gli aveva parlato il maestro: guardami, Yossel, e non avere timore, poiché non vengo a farti del male ma ad offrirti aiuto e protezione, se solo vorrai assecondare i miei desideri.

Così dicendo l'imperatore protende verso di lui la mano inguantata, in un gesto amichevole che tuttavia appare a Yossel avido e minaccioso, con quelle dita curvate come artigli per ghermirlo. Rimane dunque contro il muro, anzi, quasi sperasse di affondarvi preme ancor più la schiena contro la scabra parete di pietra, mentre il suo visitatore seguita a parlare puntandogli addosso uno sguardo febbrile.

Appena ho saputo della tua cattura ho dato ordine

di condurti qui, in questa torre del castello. È una prigione, certo, ma per te la farò sistemare come l'alloggio più confortevole, vi farò trasportare mobili e arredi preziosi, e credimi, non ti mancherà nulla degli agi che un sovrano può elargire. Ti tengo nelle mie mani, Yossel, saldamente e per sempre; ma che io possa patire una morte più atroce di quella di cui mi sento morire ogni giorno se non saprò ricompensare appieno i tuoi servigi.

Ha qualcosa di penoso, ora Yossel se ne accorge, la foga con cui la maestà imperiale gli sussurra all'orecchio queste parole e intanto lo tiene davvero saldamente per un braccio, non però in un atto di dominio ma nella presa concitata di chi, rischiando di precipitare, si aggrappi come può al primo sostegno che trova. E anche Yossel non tarda a provare una vertigine che lo afferra tanto più forte quanto più l'imperatore lo avvolge nel gorgo tenebroso della sua ossessione.

Ma perché parlare di morte, perché paventare ancora la rovina mia e del mio impero? Da quando mi sei accanto quegli spettri si sono dissolti, e se un giorno ti mostrerò la stella funesta, il nero segno di sventura che porto sulla pelle, qui sotto il guanto, sarà solo per riderne con te, come al sorgere del sole si ride dei vani terrori ispirati dalle tenebre. Insieme, Yossel, saremo invincibili: nessun pericolo potrà minacciarci, nessuna meta ci sarà preclusa.

Goccia dopo goccia, attraverso quelle parole, l'esaltato delirio dell'imperatore gli penetra nell'animo, intossicandolo come un veleno. Sotto la pressione di quelle dita, di quella mano inguantata d'azzurro che seguita a serrarlo in una stretta convulsa, egli sente di nuovo i muscoli tendersi, le membra allungarsi, il petto dilatarsi in un respiro profondo.

Ciò che mi commuove di te, Yossel, è che dai l'impressione di ignorare del tutto la tua forza: come se non ti appartenesse nemmeno, o come se tu non fossi in grado di misurarne il valore. Non poteva certo insegnartelo il tuo padrone di un tempo, quello strambo vecchio che si contenta di vivere oscuramente tra le mura del ghetto compiendo di quando in quando futili prodigi, volti più a stupire che a recare vantaggio. Cosa facevi dunque nella sua stamberga? Spaccavi la legna, immagino, o magari aiutavi le donne a sbrigare le faccende, con queste braccia che potrebbero rimettere in equilibrio un trono vacillante e reggere su di sé tutto il peso di un impero. Sono così grandi, così poderose, che se poco fa mi sembrava di tenerti saldamente il polso adesso scopro di non arrivare neppure a circondarlo unendo entrambe le mani.

Anche Yossel, con vaga meraviglia, se ne rende conto, e gli sembra che la voce dell'imperatore di minuto in minuto vada facendosi più fioca. È un sordo, assillante ronzio, come se una mosca gli svolazzasse senza posa intorno all'orecchio, e tuttavia si confonde stranamente con le voci che gli giungono dal suo stesso corpo: con il sibilo del respiro, con il rombo cupo e misterioso del sangue.

Fianco a fianco, Yossel, domineremo il mondo, la nostra potenza non conoscerà limite né misura. Devi soltanto lasciar libera di sprigionarsi la forza che abita in te, quella magica, invincibile forza al cui contatto mi sentii ardere e gelare quando ti toccai nella buia soffitta della sinagoga.

Viene da dentro o da fuori, questa voce? Viene dal minuscolo ometto ostinatamente aggrappato al suo braccio, oppure, come a volte gli sembra, fa tutt'uno con la tensione sempre più dolorosa che gli comunica ogni fibra dei suoi muscoli? Con tale intensità non l'aveva mai provata, neppure durante la notte dell'incendio, quando si era sentito crescere e crescere e aveva spinto lo sguardo oltre i tetti.

Viene da dentro o da fuori? Yossel non sarebbe in grado di stabilirlo. Certo è che mentre il sovrano continua a parlare, mentre il respiro seguita a gonfiarsi nel petto del suo prigioniero e il rombo del sangue si fa sempre più forte e minaccioso, un sordo tremore si comunica a poco a poco ai muri della torre. Ora lo avvertono anche i soldati che montano la guardia dinanzi alla porta, e le loro mani corrono d'istinto alle spade; forse si azzarderebbero a entrare, se l'imperatore non l'avesse proibito esplicitamente; invece rimangono dove sono, vigili e perplessi, senza trovare il coraggio di muovere un passo verso la soglia.

Nel frattempo tra le pareti della cella Yossel si sforza inutilmente di vincere la vertigine. La sua violenza è tale da costringerlo a chiudere gli occhi, ma in quella tenebra inquieta, venata di scintille, ancora lo insegue la voce ronzante dell'imperatore.

Ciò che ho cercato così a lungo scrutando le stelle attraverso le lenti dei miei astronomi, saggiando con storte e alambicchi l'anima segreta dei metalli, ora lo trovo in te, in questo corpo che quanto più lo contemplo tanto più mi appare grande, quasi crescesse di attimo in attimo nutrito dalla mia regale ambizione. Davvero questa cella comincia a sembrarmi troppo piccola per ospitarti: ti sottovalutavo, Yossel, serbavo un ricordo impreciso delle tue dimensioni, ma ora ti farò trasferire altrove, in una stanza più spaziosa dove per conversare con te io non debba appiattirmi contro il muro.

Suonano paurosamente dolci e carezzevoli le parole che l'imperatore seguita a mormorargli non più nell'orecchio, ma da una certa distanza, come se un abisso si fosse spalancato nel pavimento della cella ed egli vi sprofondasse a poco a poco senza smettere di parlare.

Dalla torre, dai posti di guardia, quel sordo tremore si propaga ormai fin nelle sale del castello rovesciando le suppellettili, incrinando gli specchi, infondendo un brivido alle statue: gli strateghi imperiali sollevano bruscamente il capo dalle carte geografiche sulle quali stavano tracciando i loro piani d'espansione, gli astrologi smettono di interrogare le mappe celesti per conoscere l'esito delle future battaglie, e nei laboratori gli alchimisti hanno un sobbalzo nel sentir tintinnare all'improvviso tutte le storte e gli alambicchi, come a un'onda di terremoto che ne scotesse il fragile cristallo. E gli sguardi degli alchimisti, degli astronomi, degli strateghi, l'uno dopo l'altro si volgono verso la torre tra le cui mura cieche è scomparso ormai da tempo il loro sovrano.

Guarda, dice l'imperatore: neppure con le braccia arrivo più a circondare il tuo polso, e per raggiungerlo devo sollevarmi sulla punta dei piedi. Ma non ho paura, Yossel, so di poter contare sulla tua obbedienza.

E ancora gli parla di conquiste, di dominio, di una potenza che non conosce limite né misura, mentre una nota stridula e allarmata incrina la suadente melodia della sua voce.

Non ho paura, Yossel; anzi, sentire contro di me la pressione del tuo corpo mi infonde una sorta di benessere, di sicurezza. È innegabile, comunque, che tu abbia urgente bisogno di una stanza più grande, e se solo riuscissi a sgusciare fuori di qui darei subito le disposizioni del caso.

Ma sgusciar fuori è tanto impossibile quanto lo sarebbe insinuarsi all'interno per coloro che adesso si sono radunati davanti alla torre: non solo le guardie, anche gli alchimisti che, turbati da quel tremore incessante, hanno lasciato i laboratori scavalcando con cautela i frammenti di vetro, anche gli astrologi meravigliati di non aver trovato nelle stelle il minimo annuncio di un evento così portentoso, e persino gli strateghi imperiali, dimentichi degli audaci progetti di conquista nei quali erano immersi solo pochi minuti fa. Ora, più modestamente, si accontenterebbero di veder uscire di lì il loro sovrano, o almeno di sentire di nuovo sotto i piedi la rassicurante stabilità di un terreno immobile; e poiché entrambi i desideri tardano a realizzarsi, i cortigiani rimangono lì, davanti alla torre, a scambiarsi con enfasi le osservazioni più inconcludenti, mentre le guardie non sanno escogitare di meglio che schierarsi all'intorno in atteggiamento marziale producendo un sonoro clangore di spade e armature.

Di tutto ciò neppure l'eco più flebile raggiunge l'interno della cella dove Yossel seguita a sperimentare ad occhi chiusi quella strana tensione del suo corpo. Sempre più crudele si fa la tensione, sempre più lontana la voce dell'imperatore che ora sembra affannarsi laggiù, intorno alle sue ginocchia, nel vano sforzo di aprirsi una strada, e sotto le palpebre di Yossel si dipingono figure mostruose: una fiera, un pesce gigantesco, un uccello le cui ali si spiegano a poco a poco oscurando il cielo, e un'altra ancora che egli non è in grado di riconoscere, singolarmente informe, dalle vaghe sembianze umane.

Ora il ronzio è quello frenetico di una mosca presa in trappola, eppure continua a farfugliare d'impero e dominio, di battaglie e terre da conquistare. Anche Yossel si sente preso in trappola, come se di attimo in attimo lo spazio intorno a lui si facesse più angusto, e per catturare un po' d'aria trae respiri tanto profondi che le pareti della cella non sembrano in grado di contenerli.

Respira adagio, Yossel, te ne prego. Anch'io, sai, fatico sempre più a respirare. Vorrei chiamare subito le guardie perché ti trasferiscano altrove, ma la mia voce è troppo debole, e anche se fosse più forte basterebbe a soverchiarla il battito del tuo cuore, il rombo assordante del sangue che ti scorre nelle vene. Non ho paura, so di poter contare sulla tua obbedienza: ti chiedo solo di scostarti leggermente, perché così mi uccidi.

Ma quando Yossel prova a scostarsi, si accorge di non poter farlo: le pareti della cella aderiscono al suo corpo come un rigido vestito e la sua nuca preme contro il soffitto costringendolo a chinare il capo. E mentre ancora si ostina in quel tentativo, il suadente mormorio dell'imperatore diviene un gemito, il gemito un grido terrorizzato. Poi, nel silenzio improvviso, il soffitto si squarcia cedendo alla pressione esercitata da Yossel, sotto l'urto delle sue spalle crollano le spesse mura, e aprendo gli occhi egli scorge laggiù il guanto azzurro che spunta inerte tra le macerie della torre.

XXXIII

È una lenta, immane colata che dilaga a poco a poco per i giardini del castello sommergendo alberi e cespugli, travolgendo le costruzioni, soffocando nel suo abbraccio i servi e le guardie e costringendo gli animali a una fuga precipitosa. Dalle gabbie dei serragli le belve la vedono avvicinarsi e levano alti ruggiti che si mescolano con le grida degli uomini, mentre astrologi e alchimisti cercano vanamente rifugio nei loro laboratori, tra gli strumenti in frantumi delle loro scienze, prima di venir raggiunti anch'essi da quell'onda di terra che cancella qualunque cosa incontri sul proprio cammino.

Increduli, i cittadini si radunano sempre più numerosi in riva al fiume alzando gli occhi verso il castello, e a molti pare di distinguere nella massa bruna che ormai lo ricopre completamente vaghe sembianze umane, quasi che in ciascuno dei suoi lembi si delineasse la forma di una gamba o di un braccio e la sua cima fosse una testa gigantesca dai ciechi occhi d'argilla rivolti al cielo. E si indicano a vicenda quei particolari interpretandoli ciascuno a modo proprio, come quando si osserva la gonfia sagoma di una nuvola e chi vi ravvisa un fungo, chi una balena, chi un vascello con le bianche vele spiegate.

Ma ogni discussione si interrompe appena la massa

di terra, da quello che era il castello, comincia a scendere lungo le pendici della collina senza che le cerchie di mura possano opporle altro che una blanda, effimera resistenza. Le abbatte ad una ad una procedendo inarrestabile verso valle, e i cittadini vedono scomparire sotto la sua coltre i fastosi palazzi nobiliari eretti per stupire i secoli; vedono scomparire parchi e padiglioni estivi, vedono spegnersi nel fango i getti zampillanti delle fontane, vedono i viali affollarsi di gente in fuga, servitori dalle livree variopinte, cavalieri che non hanno avuto neppure il tempo di balzare in sella, dame che arrancano trafelate per le ripide discese reggendo con le mani gli orli delle gonne, tutti assieme, incuranti degli ordini di precedenza, poiché ogni scrupolo del genere è rimasto sepolto sotto le rovine dei palazzi con gli arredi preziosi e i tesori accumulati da generazioni. E l'onda terrosa li incalza, li insegue fino alla riva del fiume, mentre sulla riva opposta i cittadini arretrano scostandosi dai parapetti, ma sperano ancora che tutto si concluda lì, in quelle acque poste come un serpeggiante confine a dividere le due parti della capitale. Così lanciano grida di incoraggiamento ai fuggiaschi che corrono verso il ponte di pietra, e i più impavidi meditano persino di andar loro incontro per aiutare le gentildonne smarrite e i gracili fanciulli ignari di ogni fatica. Invece, prima che i soccorritori arrivino a muovere un passo, vedono la colata d'argilla riversarsi impetuosa sul ponte e le possenti arcate piegarsi sotto il suo peso, e quando il ponte crolla nessuno osa tentare il salvataggio dei naufraghi in quella che ormai non è più acqua, ma una torbida, schiumante distesa di fango dove affiorano qua e là alberi sradicati dai giardini, colonne mozzate e mutile figure di marmo.

Ora tutti si accalcano nei vicoli per cercare rifugio nei quartieri più interni, lontano dal fiume, lontano dal fango che continua a crescere e raggiunge ben presto la sommità degli argini. Ma non c'è vicolo tanto angusto che il fango non vi si insinui ribollendo tra i muri, traboccando oltre i colmi dei tetti; non vi è in tutta la città torre o cupola così alta che il fango non arrivi a soverchiarla, e anche le spesse travi di legno che reggono la soffitta della sinagoga devono cedere a quell'assalto precipitando con l'intero edificio in una fragorosa rovina.

Ormai tutta la città è sommersa, solo qua e là si leva ancora la croce di un campanile, il delicato traforo di una guglia, ma ben presto sparisce a sua volta sotto quella marea insaziabile che si diffonde a perdita d'occhio in ogni direzione. Se un angelo passasse in volo su questa parte di mondo, vedrebbe soltanto fango dove prima sorgeva la capitale di un impero, e in cima al fango gli parrebbe forse di distinguere una testa gigantesca che volge al cielo i ciechi occhi d'argilla.

Eppure non sono ciechi, quegli occhi: nella massa di terra che ha sepolto ogni cosa abita ancora l'anima di Yossel, la sua coscienza, la confusa, tormentata compagine dei suoi ricordi. Quando ha sfondato le pareti della soffitta ha riconosciuto la dimora di un tempo e ha provato uno strazio acutissimo sentendo dibattersi in lui, alla disperata ricerca di una via d'uscita, le familiari zampette dei topi e dei ragni; e subito dopo, irrompendo nella casupola addossata alla sinagoga, ha tentato invano di frenare la propria forza per risparmiare almeno quel vecchio che al tintinnio dei vetri infranti si era alzato di scatto dallo scrittoio, ma poi era rimasto immobile, senza un grido, ad attendere che il fango lo travolgesse. Invano, mentre il suo corpo continua a crescere dilagando verso la campagna, Yossel spera di imbattersi in qualcosa che possa insegnargli di nuovo il limite e la misura, come il Leviatano ai pesci, Behemot agli animali terrestri e agli uccelli quell'enorme creatura le cui ali oscurano il sole: dinanzi alla sua forza tutto si rivela fragile e inconsistente, il mondo sembra ridursi a un'inerme superficie ondulata da inghiottire a palmo a palmo adempiendo l'ambiziosa profezia dell'imperatore.

Se un angelo passasse in volo, ora vedrebbe la massa di fango avvolgere le colline in uno strato sempre più denso e innalzarsi verso il cielo come una greve, informe torre di Babele. In Yossel però non vi è traccia dell'orgoglio che animava quegli antichi costruttori, non il minimo senso di trionfo, e se nel tumultuoso accavallarsi dei suoi pensieri compare una storia udita un tempo dal maestro, è piuttosto la storia di Adamo qual era in origine, appena tratto dall'argilla, quando il suo corpo era così gigantesco da occupare tutta la creazione senza lasciare alle altre cose alcuno spazio per esistere.

Cresce, continua a crescere, mentre vorrebbe farsi piccolo fino a scomparire, vorrebbe ritirarsi in un cantuccio deserto dove non vi fosse altro che il suo lutto e lì, giorno dopo giorno, dimenticare; invece, ogni volta che afferra un uomo o un animale nella sua stretta riluttante, vede la principessa irrigidita sul pavimento della soffitta con quello sguardo vuoto che esclude qualunque possibilità di riconciliazione. Da allora è cominciato tutto: da quando ha versato il sangue, secondo le oscure parole del maestro, e i pilastri che reggono l'universo hanno preso a vacillare, dapprima lievemente, poi in modo sempre più avvertibile e minaccioso man mano che la sua forza si dispiegava liberandosi di ogni freno.

Ben presto non ci sarà più nulla, non più cieli color ciliegia, non più nevicate, e nemmeno la calda fragranza del pane dalla quale era accolto ogni giorno quando entrava in cucina: solo quella forza che coincide misteriosamente con il suo essere e che cresce, continua a crescere, divorando vigneti e campi di grano, colmando gli alvei dei fiumi, slanciandosi sempre più verso l'alto in un impeto orgoglioso.

Frastornato dall'orrore, Yossel si domanda se davvero non vi sia modo di fermarla. Non aveva detto un giorno il padrone che egli esisteva soltanto grazie a certi segni d'inchiostro, grazie a quel nome impronunciabile custodito sotto la lingua? Senza quel nome Yossel tornerebbe ad essere polvere rifugiandosi nella sorda innocenza della materia, e anche i ricordi infine svanirebbero con il dissolversi del suo corpo smisurato, e i pilastri non crollerebbero, e il mondo non sprofonderebbe completamente nel fango e nel sangue. Inerte, senza coscienza: così tornerebbe ad essere, com'era prima che il maestro pronunciasse su di lui i suoi temerari incantesimi e che nell'argilla ammucchiata sull'argine lampeggiasse con dolorosa intensità la parola "io". E quel riposo gli appare ancora più desiderabile dei lunghi sonni in cui si immergeva un tempo nella sua soffitta, tra le scure pareti di legno che gli si stringevano intorno per proteggerlo da ogni male.

Come quando entro le gonfie sagome delle nubi si delineano figure di funghi o di velieri, così nella massa terrosa ora va componendosi a poco a poco la forma di una mano, con fatica, quasi lottasse per emergere dall'indistinzione, mentre in un altro punto di quella massa torna a plasmarsi una spessa lingua d'argilla. Un angelo che passasse in volo su questa parte devastata di mondo sarebbe l'unico testimone di tutto ciò, e vedrebbe il fango contorcersi stranamente. Poi vedrebbe l'immensa lingua d'argilla sollevarsi e le dita immense sfiorare qualcosa, ritrarsi con il moto brusco di chi abbia toccato un oggetto incandescente, quindi tuffarsi di nuovo e afferrandola per un lembo sfilare adagio una minuscola striscia di carta. Poi non vedrebbe più nulla, solo un'inerte, immota distesa di fango che già accenna a rapprendersi in attesa di venir fecondata dal vento con i semi delle erbe selvatiche, e tutt'intorno il verde sereno e inviolato della campagna. Ma neppure l'angelo saprebbe che in quell'ultimo istante, prima di riconsegnarsi alla polvere, Yossel ha potuto infine posare gli occhi sul nome impronunciabile in cui è racchiusa la sua essenza, compitarne i caratteri con la mente già offuscata, e il suo sguardo, spezzandosi, ha potuto scorgere per un attimo l'alta colonna di fuoco che arde in eterno dinanzi al trono del Santo.

«Una luce nerissima»
di Paola Capriolo
Piccola Biblioteca Oscar
Arnoldo Mondadori Editore

Questo volume è stato stampato
presso Mondadori Printing S.p.A.
Stabilimento NSM - Cles (TN)
Stampato in Italia. Printed in Italy